林清玄

心海的消息

人民文学出版社

林清玄
心海的消息

"林清玄经典作品系列"由人民文学出版社联合上海九久读书人文化实业有限公司共同策划。

本书由台北九歌出版社有限公司授权出版

著作权合同登记号图字　01-2012-5396
图书在版编目(CIP)数据

心海的消息／林清玄著. —北京：人民文学出版社，2016
ISBN 978-7-02-011348-4

Ⅰ.①心…　Ⅱ.①林…　Ⅲ.①演讲-中国-当代-选集
Ⅳ.①I267

中国版本图书馆 CIP 数据核字(2015)第 320745 号

责任编辑：王一珂
特约策划：陶媛媛
封面设计：钱　珺

出版发行　人民文学出版社
社　　址　北京市朝内大街 166 号
邮政编码　100705
网　　址　http://www.rw-cn.com
印　　制　山东临沂新华印刷物流集团
经　　销　全国新华书店等
字　　数　140 千字
开　　本　890×1240 毫米　1/32
印　　张　7.5
版　　次　2014 年 1 月北京第 1 版
印　　次　2016 年 2 月第 1 次印刷
书　　号　978-7-02-011348-4
定　　价　39.00 元

目　录

爱恨情仇

总序　乃敢与君绝

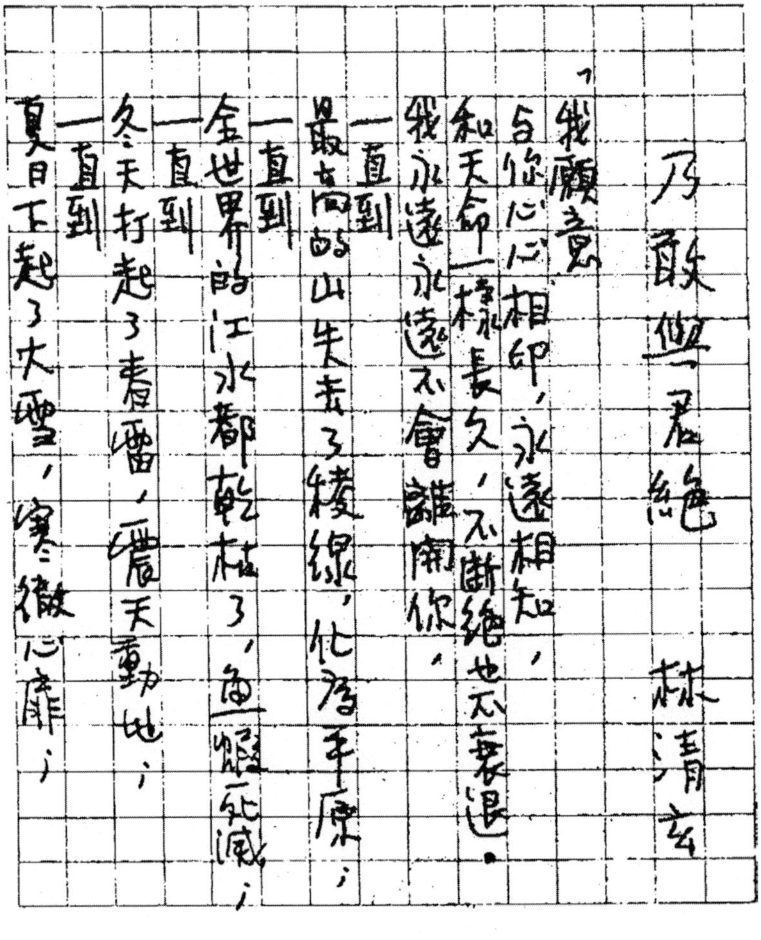

乃敢與君絕　　林清玄

「我願意
與你心心相印，永遠相知，
和天命一樣永長久，不斷絕也不衰退。
我永遠永遠不會離開你，
一直到
最高的山失去了稜線，化為平原；
一直到
全世界的江水都乾枯了，魚蝦死滅；
一直到
冬天打起了春雷，震天動地；
一直到
夏日下起了大雪，寒徹心扉；

我愿意

与你心心相印，永远相知，

和天命一样长久，不断绝也不衰退。

我永远永远不会离开你，

一直到

最高的山失去了棱线，化为平原；

一直到

全世界的江水都干枯了，鱼虾死灭；

一直到

冬天打起了春雷，震天动地；

一直到

夏日下起了大雪，寒彻心扉；

一直到

天地黏在一起，无日无夜，

一直到

这世界全部颠倒，

我才敢和你分离呀！

这是我最喜爱的一首古乐府诗《上邪》的译文，原文是这样子：“上邪！我欲与君相知，长命无绝衰。山无陵，江水为竭，冬雷震震，夏雨雪，天地合，乃敢与君绝！”

我在少年时代第一次读到这首诗，是盛夏时节坐在漫天的凤凰树下，当时因为感动，全身不停颤抖。

天呀！在千年之前，就有一个少女为情爱立下如此坚强、如此惊天动地的誓言，这不只是“海枯石烂”，而是世界毁灭了。

即使世界崩毁，我爱你的心永远永远不会改变！是多么浪漫、热情、有力量，令人动容。

千年之后，放眼今世，还有几人能斩钉截铁地说出这么壮阔的誓言！

文学就是这样，短短的三十五个字，跨越时空，带着滚烫的热气，像是浓云中的闪电，到现在还让我们触电，仿佛看见一道强烈的闪光！

一句话也没说

这是最令人震动的情诗。

而最令人震动的爱情故事，我以为是司马相如和卓文君。

司马相如是汉朝的大才子，年轻的时候在梁孝王手下当文学侍从，当时写了《子虚赋》，闻名天下。梁孝王驾崩之后，他回到故乡成都，日子过得很艰难，几乎三餐不继。

临邛县令很欣赏司马相如。有一天，临邛的大富翁卓王孙宴客，县令邀请相如一起去参加。卓王孙家仅奴仆就有八百多人，庭园大到看不见边，说多豪华就有多豪华。

一身布衣的司马相如，完全无视于豪侈的景象，自在地喝酒、自在地散步，看见院中有一把古琴，就随兴坐下来弹琴，非常潇洒。

卓王孙的女儿卓文君在附近听见动人的琴声，跑过来看，看见司马相如一表人才，一见倾心。司马相如则是天雷勾动地火，立刻爱上卓文君。

两人四目相望，一句话也没说。

夜里，卓文君悄悄来找司马相如。司马相如牵起她的手，穿过豪华广大的庄园，走出气派雄浑的大门，连夜跑回成都去了。

他们一毛钱也没带，甚至没有一件多余的衣服。

为了生活，文君只好在街上当垆卖酒，而大才子司马相如则跑堂、打杂、洗碗碟。

夜里，偶而写写文章。

有一天，汉武帝偶然读到《子虚赋》，非常欣赏相如的才华，立刻派人到成都，把司马相如和卓文君接到长安，留在自己身边做官。

不用洗碗碟了，司马相如专心写作，后来又写了《上林赋》、《大人赋》、《长门赋》……成为西汉第一位伟大的文学家。

司马相如的文章就像他的爱情一样，恢宏、浪漫、壮美，令人目不暇接。

看看今天的人吧！谁有那样的勇气？一句话不说就能相守一生？第一次相见就为爱出走？对房子、车子、财富不屑一顾，只纯粹地去爱，去追寻。

读到司马相如和卓文君的爱情是在我的青年时代，时在阳明山，我在大雾弥漫的箭竹林里穿行，抬起头来，看着一只苍鹰在山与蓝天之边界，自在悠游。

我想着：如果有那么一天，我遇到一位一句话都不用说就能相守一生的人，我是不是能有司马相如那样一往无悔的勇气？我是不是能放下世俗的一切，大步向前？

经过三十年，我证明了自己也能一往无悔，大步向前！

那是因为我们都有文学的心，文学使我们不失去热情，有浪漫的情怀，愿意用一生去爱、去追寻、去完成更高的境界。

志在千里，壮心不已

历史上，最被人误解的文学家，应该是曹操。

由于《三国演义》把曹操写得狡诈，曹操就成为奸臣的代表，其实，他的才华远远胜过刘备和孙权，年轻的时候就立志结束分崩离析的乱世，使天下归于太平。

有一次，他出征打仗，路过渤海，站在碣石山上，看着浩瀚的大海，写了一首诗《观沧海》：

东临碣石，以观沧海。
水何澹澹，山岛竦峙。
树木丛生，百草丰茂。
秋风萧瑟，洪波涌起。

日月之行，若出其中。
星汉灿烂，若出其里。
幸甚至哉，歌以咏志！

看哪！那海上峙立的岛，是我的志向！那丰茂翠绿的草，是我的志向！那海上汹涌的巨浪，是我的志向！日月从海上升起，是我的志向！灿烂的星空倒映海里，是我的志向！我何其有幸看见这伟大的海洋，写一首歌来咏叹我的立志。

读到这首诗时，我刚步入中年，正在宜兰的海边，远望龟山岛，想到这个被误解千年的文学家曹操，他的胸怀是何等的宏伟宽广，如今读来，还让人震动！

因为心胸开展、意志坚决，曹操一直到老，仍有满腔热血。他说："老骥伏枥，志在千里，烈士暮年，壮心不已。"

由于他的文化素养，他教出两个了不起的儿子曹丕、曹植，父子三人被誉为"三曹"，是建安文学最经典的人物。

曹丕说得很好，他认为文章是经国的大业、不朽的盛事。人的寿命有限，富贵也如浮云，死后都会成空，只有文学会永垂不朽，具有长久的价值！

“三曹”去今久矣！但我们现在读到《观沧海》、《燕歌行》、《白马篇》、《洛神赋》，都还会感动不已！

我最喜欢曹丕说的“文以气为主”的见解，文学家都是不同的，各有性情和气质，文章风格自然不同，这是美好的事，不必抬高或贬低。

正如太康诗人左思说的：“贵者虽自贵，视之若埃尘。贱者虽自贱，重之若千钧！”文章的贵贱，谁分得清呢？

天地为之久低昂

杜甫偶然看见公孙大娘的弟子舞剑，感动不已，写下了《观公孙大娘弟子舞剑器行并序》：

昔有佳人公孙氏，一舞剑器动四方；
观者如山色沮丧，天地为之久低昂。
㸌如羿射九日落，矫如群帝骖龙翔。
来如雷霆收震怒，罢如江海凝清光。
……

读之，令人低徊不已。杜甫透过诗歌，把公孙大娘弟子舞剑时，那种气势、动作、伸展、优美、力道……写到了极处：动的时候，威猛强过雷霆；停的时候，仿佛江海都静止了，连天地都为之低徊不已。

透过文字与想象，我们感到不可思议的美！

假设，当时有录影机或手机，有人录下公孙大娘的舞剑，传到 YouTube 网上，我们看了，会有杜甫那样的感动吗？

肯定不会，因为五色已经令我们目盲了，过多的平面的影像，使我们的感觉匮乏了。不管多么惊人的影像，再也无法激起我们的感动，再也不能了！

一个秋天的夜晚，被贬为江州司马的白居易在浔阳江头送别朋友，突然听见江上的船上传来一阵琵琶声，后来他写成一首感人的长诗《琵琶行》：

千呼万唤始出来，犹抱琵琶半遮面。
转轴拨弦三两声，未成曲调先有情。
弦弦掩抑声声思，似诉平生不得志。

低眉信手续续弹，说尽心中无限事。
轻拢慢捻抹复挑，初为霓裳后六幺。
大弦嘈嘈如急雨，小弦切切如私语。
嘈嘈切切错杂弹，大珠小珠落玉盘。
间关莺语花底滑，幽咽流泉冰下难。
冰泉冷涩弦凝绝，凝绝不通声暂歇。
别有幽愁暗恨生，此时无声胜有声。
银瓶乍破水浆迸，铁骑突出刀枪鸣。
曲终收拨当心画，四弦一声如裂帛。
东船西舫悄无言，唯见江心秋月白。
……

白居易把琵琶忽快忽慢、时高时低、有时停顿稍歇、有时奔放飞扬的节奏，写得淋漓尽致。光是一首《琵琶行》就有多少名句："千呼万唤始出来"、"未成曲调先有情"、"大珠小珠落玉盘"、"此时无声胜有声"、"唯见江心秋月白"！

如果有人当场录了音，转录到网络上，任人下载，我们听了，会有白居易那样的感动吗？

肯定也不会，因为五音已经令我们耳聋了，太多的泛泛之声，靡靡之音，已经使我们的感觉僵化了，再也不会有天籁那样的感动，再也不会了！

五色、五音，还有五欲，已经使我们的心发狂，我们无法透过文学来验证我们的想象力。

文学没落并不是我们发狂的原因，但文学没落确实使我们的心灵为之枯寂！

一直向往远方

在一个贫困而单调的年代，我生长在偏远又平凡的农村，那个年代，还没有电脑和网络，甚至连电视电影都没有。那个农村，缺乏任何影音和娱乐。

陪伴我长大的，只有很少数的文学作品和书报。

文学的情怀，使我在很年少的时代，就感到像《诗经》古诗那样的深情，相信世上有永恒的情感。

文学的情怀，使我养成了纯粹的心灵，像司马相如一样，无视庸俗与豪奢，无忌流言与蜚语，勇于追寻，一往无悔。

文学的情怀，使我能立志，志在千里、壮心不已，从青年到老年，一直向往森林、海洋、云彩、天空与远方！

文学创作是我生命的宝藏，使我敢于与众不同，常抱感动的心！回观我写作的四十年，我很庆幸自己是一个作家，以爱为犁、以美为耙、以智慧为种子、以思想为养料，耕耘了一片又一片的田地。

那隐藏着的艰难、汗水与血泪，是很少人知悉的。

“上海九久读书人”与人民文学出版社计划推出我的系列作品，九歌出版社的朋友希望我写几句话，思及自己的文学因缘，不禁感慨系之。

我和创作，不会离别

去年秋天，清华大学创校一百周年，邀请我去演讲。

一个学生问我：“林老师，我们都知道您写了一百多本书，您有没有预计这辈子写多少书，您会写到什么时候？”

我告诉学生，我不知道今生会写几本书，但是，我知道我会写到离开世间的最后一刻。

我引用了《上邪》那首古老的诗：

山无陵，江水为竭，冬雷震震；
夏雨雪，天地合，乃敢与君绝！

文学创作就是我的“君”，除非世界绝灭，我和创作，不会离别。

二〇一一年初冬
台北外双溪清淳斋

代序　为现在，做点什么！

1

有一天，我在敦化南路散步，突然有人从背后追上我。她一面喘着气，一面说："请问，你是林清玄吗?"

我说："是的。"

她很欢喜地说："我正想打电话到出版社找你，没想到就在路上遇见你。"

"你有什么事吗?"我说。

"我……"她欲言又止，接着鼓起勇气说，"我觉得，我还没有学佛以前很快乐，现在生活过得很痛苦，不知道是不是自己出了问题?"

然后，我们沿着种满松香树的敦化南路散步，人声与车流在身边奔驰，有时我感觉这样看着不知从何处来、又要奔向何处的车流，总感觉是在看一个默片电影的段落，那样匆忙，又那样沉寂。

我身旁的中年女士向我倾诉着生活与学佛的冲突、挣扎与苦痛：

“我每天要做早晚功课，每次各诵经一个小时。为了做早晚功课，我不能接送小孩上下学，先生很不满意，认为我花太多的时间在这些没有意义的事情上面。

“我的小孩很喜欢热门音乐，可是我们家只有一套音响，如果我放来做早晚课，他们就不能听音乐，常因此发生争执，孩子也因此不信佛教，讲话时对佛菩萨也很不礼貌，我听了更加痛苦。

“我的公婆、先生、小姑都信仰民间信仰，过年过节都要杀鸡宰鸭拜拜，我不能那样做，那样做就违背我的信仰，如果不做，就要吵架，弄得鸡犬不宁。

“我很想度他们，可是他们因为排斥我，也排斥佛教，使我们之间不能沟通。林先生，你看我该怎么办？”

她说到后来，大概是触及到伤心的地方，眼眶红了起来。

“你为什么要学佛呢？”我说。

她说：“这个人生是苦海，我希望死后去往生西方极乐世界。”

“那么，你为什么要每天做早晚功课呢？”我又问。

“因为我自己觉得业障很重，所以必须做功课来忏悔过去世的业障。”她非常虔诚地说。

“你有没有想过，除了为过去和为未来打算，应该为现在做点什么呢?”

她立刻呆住了，张口结舌说不出话来，因为，确实，在她学佛的过程中，她完全没有想过“现在”这个问题。

我就告诉她：“好好地对待先生，这是很好的功课！每天关怀孩子，接送他们上下学，这也是很好的功课！试着不与人争辩，随顺别人，也是很好的功课！甚至与孩子一起听热门音乐，使他们感受到母亲的爱，因而安全无畏，也是很好的功课！菩萨行的‘布施’、‘爱语’、‘利行’、‘同事’讲的就是这些呀！如果我们体验到‘家家有本难念的经’，把自家里的那本经，读通、读熟了，体验真实的佛法就很简单了。”

“因为，家里的这一本经，和佛堂墙壁上的经，是一样深奥、不可思议的呀!”

2

我看到她的眼睛从昏昧中明亮了起来，说：“是呀！我怎么从来没有想过要为现在做一点什么呢？林先生，这里远东百货公司地下一楼有一家可颂坊咖啡厅，咖啡很好，我可以请你喝杯咖啡吗？你多给我讲讲。”

我们一起去可颂坊喝咖啡。我喜欢可颂坊的卡布奇诺咖啡，在鲜白的奶油上漂浮着枣红色的玉桂粉，一搅拌，香气就在四周流荡，特别是在秋日的午后，令人有温馨之感。

“你知道十二因缘吗？”我说。

“知道呀！”

“十二因缘就像我手上这个手表的刻度，我们来把它写上去。”

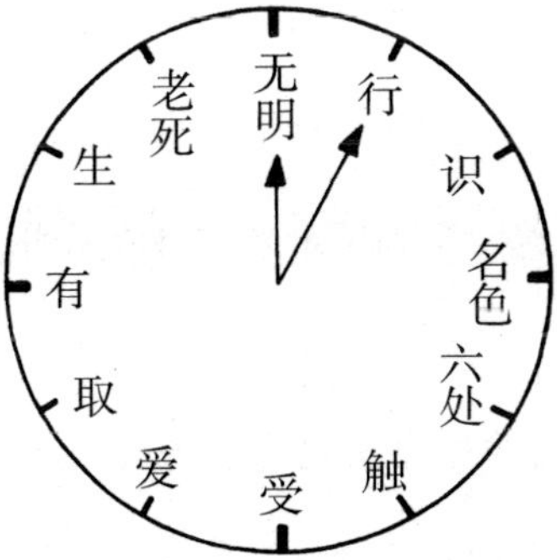

“这就是我们在生死中轮转的秘密！‘无明’与‘行’是我

们过去世烦恼有情的两个因，我们是依这个‘识’而投胎到此世界。我们投胎了，但处在混沌的状态，这叫‘名色’。在母胎中，眼耳鼻舌身意逐渐完备叫‘六处’。出生以后，到两三岁时只有触感，叫‘触’。四五岁到十四五岁时能感受这个世界，叫‘受’。

“无明、行，是‘过去世的二因’。

“识、名色、六处、触、受，是‘现在生的五果’。

“什么是‘爱’呢？十六七岁以后，爱欲的感觉日益强烈，是‘爱’。

“因为有爱，就有贪求，想占有更多的东西，叫‘取’。

“由‘爱’‘取’才造出许多的业来，叫‘有’。

“爱、取、有，是‘现在世的三因’。这三因是我们未来投生的依据，因此是‘生’，有生就有老、有死，就是‘老死’。接着，再依序轮转一遍，又到了未来，再依无明、行去投胎。”

我很细心地把十二因缘说了一次，这使得气氛变得严肃了。

“表面上，我们的生命是过去、现在、未来一条直线，实际上是在同一个表面上旋转；因此，现在所经验的，可能过去也经验过，未来还要同样地经验无数次。我们无法知道从无明到受的实相，也管不了未来的生和老死，为现在做点什么，就是真实地来看我们的爱欲、我们的贪求和我们的业，这是每天都可以看见、感受并革新的呀！”

这位女士看着我的手表，突然“呀”了一声：“我应该回去接小孩做晚饭了。”

我说：“不是都由你先生接送的吗？”

“我现在知道了，要为现在做点什么！”她很开心地告辞。

“如果有空，还是不要忘了佛堂的功课，如果能明白现在、此刻的真价值，做早晚的功课才能有更深的发现。”

看她消失在楼梯口，我才想起没有问她叫什么名字。

3

我坐在咖啡座上品味着“现在”这两个神奇的字眼，“现”是“王见”、是“国王之见”，也正是最重要、最殊胜的见解。“在”是“我在”。

现在！

——用一种最重要的见解来看清楚我的身心所处的境界，看见身心的一切起落，看见身心的如如。

这是多么真实而深切的体验呀！

过去，相信我们都造过许多无知的罪业，但那已不可追回了。

未来，相信也有一个美丽的新世界，但若我们连一碗饭、一杯茶的滋味都难以品味，怎么有把握去品味净土的美好呢？

我们回来看现在，这是“觉”，是在回到佛法，因为佛法不是向过去或未来追求的，佛法本在、佛性本有，只是我们不觉、我们轻忽，才感到远了。

众鸟在林，不如一鸟在手；众水在海，不如掬水一捧。昨日的大宴，不能有助于今天的饥饿；今天的新衣，不能明日犹新。

我站起来，准备去接自己的孩子放学，这也是我每日的功课。

4

在很小很小的时候，我们家的院子很大，种了几棵老榕树、枣树和龙眼，孩子们轮流负责清扫院子里的落叶。

父亲教我们一个清扫庭院的很好的方法，就是清晨以竹扫把扫地之前，先把每一棵树用力地摇一摇。他说：“这样把明天要落下的叶子也摇下来，明天就省力多了。”

我们在扫地前，就先去摇树落叶，但是很奇怪，不管多么用力地摇树，明日依然有明日的落叶。甚至在树刚摇过不久，一阵风来，叶子又落了。

这样摇啊摇，有一天，井旁一棵比较小的枣树竟被摇死了。

我在那时候就体验到，今天只要把地上的叶子扫干净就好了，因为明天一定有明天的叶子。

最重要的是扫地的那个过程，要仔细地、用心地扫，这样，日日都能维持院子里的干净，而心里因为扫过地，感觉也就清爽了。

那落下的叶子在新扫过的竹痕上，反而显得清晰，甚至有一种随意之美。

在人生里落下的爱、取、有，看起来碍眼的叶片，也是如此，只要有能观照的眼睛，不也有美丽的一面吗？

为现在，做点什么吧！

为这短暂无常、飘忽不定的生命做点什么吧！

日日有觉、日日做清净的准备，就是最大的功课了。

这一册《心海的消息》，基本精神正是在阐释回到此刻、回到现在，来倾诉那看来玄奥的消息。

校对本书的时候，仿佛又回到过去站在讲台上的情景，那也是已经流去的时光呀！出这些演讲集是在为那段时间的思想做纪念。那样日复一日的奔波，也反映了我最初的愿望：希望唤起大家心海的消息。

特别感谢冯季眉、杨锦郁花了许多心血，使这些随机随缘的讲话有更清楚的条理。

《心海的消息》难思难议、广大无边，但愿大家都来听听，掬起一捧心海之水，或饮或洗，来除去人间火宅迫人的热恼。

在这哭笑无端、悲欣交集的人世，为现在，来做点什么吧！

一九九一年秋天

于台北永吉路客寓

来自心海的消息

今天要讲的题目是“来自心海的消息”。这是一首流行歌名，内容和爱情有关，很多人都听过。今天我们借这个歌名来谈谈一个人要如何倾听来自自己心海的消息，从中得到开启。

我在《红尘菩提》中，写了许多以流行歌曲为题的文章。很多人问我为什么要用流行歌名来谈佛教的东西？我想其中最重要的观点是：我希望大家可以用一种轻松自在的心情来了解佛法，而不是因为学佛成为严肃呆板的人。

很多人都曾经去卡拉 OK 唱过歌。到那种地方唱歌很愉快，为什么呢？因为你可以放怀高歌，唱出自己的心情，不必去理会别人的眼光；你高歌时并无所求，也根本没有想到因为唱首歌会被星探发现，心情轻松，自然也就唱得愉快了。学佛也是一样，当你放松心情无所求，不在乎别人的看法，抱持轻松的态度，将会很快地在佛法中得到利益。

今天要谈“来自心海的消息”，也就是希望大家用一种轻松带感情的态度，来倾听自己内在的声音。

自在中学习佛法

多年来，我一直在阐明一个观点，就是要当一个佛教徒之前，首先要当一个正常人。正常人便是在自己的生活和生命中得到自在。昨天晚上，有十几个学佛的朋友到我家来聊天，其中一位女士对我说，佛教教人要压制欲望，所以出家人穿的衣服都是黑色或灰色，在八关斋戒中也说，一个人不能喷香水、做头发、佩戴香花、唱歌跳舞、睡高广大床。她痛苦地说："我有时候很想穿漂亮的衣服，涂口红、戴耳环，却又不敢，怕被别人批评说这个佛教徒怎么这样爱打扮。"我告诉她说，其实我们应该认识到出家人和在家人是不一样的，出家人是专业修行人，在家修行者是业余的，尺度比出家人可以放宽一点。譬如我自己是一个专业作家，所以我对写作的要求比较严格，如果你是一个业余作家，一年只写两三篇，那么你对写作的尺度便可以放宽一点。修行也是同样的道理，一个佛教徒不必每天穿着白衣黑裙、脸色灰白，出门就摆出一副严肃的样子，好像头上写了五个字："我是佛教徒”。若是如此，别人一定不敢和我们接近。其实，佛教徒并不需要如此，你想穿美丽的衣服、涂口红、戴耳环都可以。我拿了一张观世音菩萨的相片给这位女士看，说：“你看观世音菩萨多漂亮，祂的头发梳得很好，宝相庄严，也戴耳环，一点不怕别人看不起祂。”

还有一位小姐也偷偷告诉我内心的一个秘密，她为此暗自苦恼不已，因为她总觉得听人唱歌比听念经愉快，她怀疑自己的修行出了问题，暗地感到羞愧。我告诉她说：“如果你觉得歌好听，就好好去听吧，你听到念经感觉不如唱歌好听，也许是对经义不了解，或者在听经时，没有得到内在的启发和感动。根本上，唱歌和念经应该一样好听，不然就有了分别的态度。”

我曾经有两次听人唱歌非常感动，一次是在寺庙里，听到出家人在唱《三宝歌》。《三宝歌》是由弘一大师作词、太虚大师作曲，一开始是：“人天长夜，宇宙暗暗，谁启予光明。”听了之后，不禁感动得流泪。还有一次，我听忏云师父念《大悲咒》，他的声音和态度有一种慈悲的力量，令我非常感动，他所念的节奏，我到现在还一直记住。我很讶异念经原来也可以这么好听，我们之所以不觉得好听，只是因为我们无法领会罢了。

当下，我便教这个小姐一个方法，要她以后听人唱歌时，用听经的心情去谛听。当一个人的心很澄静，可以用听经的心情去听流行歌曲时，便会十分感动，像《其实你不懂我的心》便是在唱寒山子的一首诗："吾心似秋月，碧潭清皎洁。无物堪比伦，教我如何说。"反过来说，当我们听到人念经时，可以抱持听歌的心情，那般欢喜，有所期待，便会觉得念经很好听。有一次，我听见如法师唱《叩钟记》，也听得流泪，觉得他唱得非常好，和流行歌曲同样好听，甚至比任何流行歌都好听。

也就是说，我们不要排斥生活中所遭遇到的一切，不要使生活中遭遇的一切和佛法产生对立的状态。有一次，我带孩子去看《六祖慧能传》这部电影，他看完了之后，对我说："没有成龙的电影好看。"我也同意他的看法。并不是说六祖慧能无法感动我们，而是拍电影者采取一种固定的、单调的、保守的形式，所以观众就不觉得好看。

解除形式的束缚

学习佛法，努力修行，并不是要使我们的外表变成佛教徒，变成宝相庄严，八风不动；而是要使我们的内在得到革新。这种革新应该说是物理变化，让我们原来的心提升、超越，变得温暖高超，也就是使我们的心解除束缚而得到自由。

我们的心被很多形式束缚，这些形式甚至包括佛教的形式，我们不敢去批评佛教的一切事情，不敢去思考、辩证，使得佛教的许多形式一直到现在仍然无法改变。举个简单的例子，譬如印经书，大家都去印一些便宜又印制拙劣的书，一堆堆的，堆在庙里，没有人要拿，也引不起别人的恭敬。又例如放生，不管什么动物都拿去放生，以致造成了山林和环境的破坏。这些行为皆因我们从未用正确的态度来检讨：做为一个佛教徒在形式上要有所突破，是为了让我们的心得到自由。

如果信仰佛教后，觉得束缚愈来愈多，出去不自在，就应该加以调整，让形式减弱，内在得到更大的自由。另外，便是要解除心的执着，得到自在，让我们见到生活中一切好的事物。要如何见到好的事物呢？那就需要一双好眼睛。好眼睛可以使我们对心加以认识、改革、创造，让心得到提升，这才是学习佛法的根本。

就像昨天那群到我家的朋友要离去时，站在我家位于十五楼高的阳台上看夜景，其中一个很感慨地说："没想到台北的夜景这么漂亮。"我说："如果你有一双好眼睛，一些好心情，不论在哪里看夜景，都会觉得很漂亮。"这是因为我们的心得到改革和创造，这种改革和创造可以减少生命里的染浊。

有一位作家朋友孟东篱，他翻译过一本书叫《苏菲之路》，这本书是叙述修行的。其中有一个故事令我非常感动，这个故事写道：从前有一个和尚很穷，只拥有破水瓶和破毯子，他也固守着贫穷生活，结果村庄里的人都认为他的修行很好。另外有一个和尚非常富有，穿得很好、吃得很好，大家都批评他的享受已经超过和尚应有的待遇。有一天，一群人去找那个穷和尚，问说："请问师父，你可否谈谈那个有钱和尚的修行，他的修行可能有问题。"穷和尚说："富有的和尚修行比我高明，因为他早就超越了贫富的执着和外在的形式。而我现在一直守住贫穷，真正的原因是我没有办法拒绝物质的诱惑。”读到这里就令我想到一位师父星云大师，很多人批评他的佛光山产业庞大，可是我个人非常崇拜他，我觉得他已经完全摆脱外在事物的干扰，包括富有或贫穷等等，这就是执着的破除。

当我们可以看清外在的形式，不被这个形式染浊时，我们才可以知道什么是真正的心。

密宗特别讲究庄严，我们看到很多仁波切戴的帽子是黄金和宝石编织成的，很多法王身穿绫罗绸缎，上路前还要先铺五十公尺的红地毯。如果我们无法破除形式的执着，就会对他们外在那么华丽富贵的形式感到不以为然。事实上有很多仁波切老早就超越了贫富的执着。

做为一个佛教徒或修行人，我们可以崇拜帝诺巴，或密勒日巴；我看密勒日巴的传记曾经多次感动得掉泪，一个人修苦行可以修得那么好，我明白自己是做不到的。反过来说，如果你很崇拜莲花生大士或宗喀巴大师也很好，他们与密勒日巴不同，都是非常庄严华美的。所以说，一个人只要有真实的修行，认识到自己的心，那么外在的形象并不是那么重要。也就是说，我们选择什么样的形式来修行都可以，可以选择苦行，也可以选择快乐行。

离开心就没有佛

佛教中有一个关于释迦牟尼佛和弥勒佛修行的故事。弥勒佛和释迦牟尼佛在很早以前是师兄弟，可是为什么释迦牟尼佛比较早成佛呢？因为释迦牟尼佛修的是苦行，所以很快便成佛，而弥勒菩萨为什么很久都没有成佛？因为他修的是快乐行，他认为在快乐的情况下，人也可以修行，我们看到的弥勒菩萨因为太快乐了，所以一副心广体胖的样子。而他要到什么时候才能成佛呢？答案是：五十六亿七千万年以后才能成佛。释迦牟尼佛经常推崇弥勒佛是一个很好的修行者，因为他示现用轻松、快乐、从容的态度也可以了解或修行佛法。当然苦行和快乐行二者的差距有五十六亿七千万年，可是，对于一个修行者而言，五十六亿七千万年也不过是一瞬间而已。

当我们可以看到自己的心、了解自己的心，纵使要一百亿年才能修成佛，也不会害怕。若是我们完全看不到自己的心，纵使时间很短，也会感到恐惧。

记得有一次，我去见泰锡度仁波切，他被认为是弥勒菩萨的转世。他的开示是："在很好的生活中也可以修行。"我听了之后心有戚戚焉，便经常去请教他。他告诉我现在很多人修行时都想很快地有成就，有一次，有一个出家人前去找他，请求说："师父，你可不可以颁给我一张证得初地菩萨的证书，我想把它挂在庙里，让信徒们看。"泰锡度仁波切对他说："我自己都还没证得初地菩萨，如何颁证书给你？"

如果我们能看到自己的心，就不必急切于成就，若是看不到自己的心，再急切也没有用。泰锡度仁波切告诉我，如果我们上辈子投胎到这个世界上得到的是零分，那么这辈子透过长时间的修行，开发自己的智慧，培养慈悲心，得到了一分，已经相当不错了。如此一百辈子就有了一百分。一百辈子有多长呢？不会超过一万年。算来还比弥勒菩萨修行时间快得多。

所以说，不要着急，这辈子只要可以比上辈子多一点超越，更能清楚一点“看到”自己的心就好了。“看到”也就是“不迷”，经常有人问我什么叫做“迷”——“迷”是一个米加跑马旁，就像将一碗米倒在地上，然后一粒一粒捡起来的情形；“迷”是一种散乱，也就是说，心念像一碗米倒在地上一样跑掉了。那么，什么叫做“悟”呢？就是在米还没倒下之前，就看清楚了这碗米不可以倒下去。

“迷”和“悟”之间有一个很重要的东西，就是不受染，所以，你想穿漂亮的衣服，就去买来穿，想涂口红就涂，想戴耳环就戴，你要让自己看起来庄严就庄严吧，只要你的心不受染，就好了！

菩萨都是很庄严的，为什么呢？因为佛教是一个讲心的宗教，经典上用两个字来形容佛法，那就是“心法”。佛法也是“正法”，“正法”就是心内求法，而心外求道便是“外道”。所以要学佛法有一件很重要的事情，就是倾听自己心海的消息。

“佛”就是“彻底觉悟的人”，所谓“觉悟”，就是看见自己的心，一个人可以彻底看见“我”的心，便成佛了。由此令我们得到一个结论，就是："离开心灵，没有一个东西叫做佛。"当我们在念经时没有了心，那么所念的就不是佛法；同样的，拜佛时没有心，所拜的就不是佛，忏悔时没有心，这个忏悔也就不是佛法。反过来说，对人微笑时有心，便是佛法；在散步时有心，也就是佛法；心可说是一切的佛法。

想念是心的呈现

接着，我们用佛教中一些简单的话，来看看什么叫做"心"。《华严经》里说："三界所有，唯是一心"，也就是说这个世界会呈现这么多面目，并且广大无边，都是由于有心；它又说："三界唯一心，心外无别法，心佛及众生，是等无差别。"意思是三界是由心来展现的，在心之外并没有一个东西叫做法。我们的心和佛、众生都是平等而没有差别的。佛的心和我们一样，并没有特别的心，之所以特别，乃在于他的觉悟。我们现时的心和一般迷乱众生的心也无差别，差别只在于我们已经开始觉悟，想要进入菩提道，其实本质上都是一样的。

《般若经》中说："于一切法，心为善导，若能知心，悉知众法，种种世法，皆由心生。"对于一切的法，心是最好的导引，如果能够知道自己的心，就能知道一切佛法。譬如炒菜时，如果能够知道自己的心，炒出来的就是佛法，吃的人都可以开智慧。因此，能够知道自己的心，就知道一切佛法，因为所有的佛法都是由心生出来的。

《楞严经》里说："若能转物，即同如来，凡夫被物转，菩萨能转物。"一个人的心能够转物，就跟如来一样，如果被物所转，就和凡夫一样。释迦牟尼佛和我们一样，也会生病、疼痛、死亡；但是他在生病、痛苦、死亡时，心没有被转变，这是他最伟大的地方；所以我们要学习"转"，而不是去学习怎样才可以不生病、痛苦、死亡，因为那是不可能的。

《心地观经》中说："三界之中，以心为主，能观心者，究竟解脱，不能观者，究竟沉沦。众生之心，犹如大地，五谷五果，从大地生。如是心法，生世出世间、善恶五趣、有学无学、独觉菩萨，及于如来，以此因缘，三界唯心，心名为地。"这段话的意思是说，三戒之中都是以心做主人的，如果一个人能够观察自己的心，就可以究竟解脱，不能观察自己心的人，最后一定会沉沦。众生的心就像大地一样，所有的五谷五果都从大地生出来，所以心可以生出出世间和世间一切善法恶法和五道众生，以及独觉罗汉、菩萨和如来。因为这样的因缘，所以三界唯心，心名为地。

从这些经典来看，我们可以知道一切的佛法都是以心为主，以心为王，所以佛经里称心为“心王”，因此，我们可以确定学佛法最重要的是做心灵的革命。佛教的戒、定、慧三种修行方法，就是要使我们的心更坚强、深刻、广大，得到开发。

由上面的经典，我们可以得到几个结论：第一，心是佛法的根本，离开心就没有佛法。第二，佛、我和一切众生都有一样的自心。第三、心如果能不断走向觉悟清净的道路，就是最基本的菩提之道。

但是，当我们谈到心时，却容易陷入一种浮面的叙述，为什么？因为心是难以说明和表达的。释迦牟尼佛就说：“心是不可言说，不可思议。”禅宗里也经常说到心是不可表达。不过，并不是因为它不可表达、不可思议，就难以理解，我们可以用简单的方法来理解什么是“心”。

首先，可以从心呈现的面目来了解检验我们的心。第一个可以检验我们的心叫做“想念”。什么叫做想念?《圆觉经》里说：“心有想念，即成生死，心无想念，即是涅槃。”一个人的心如果有想念，就会不断地生死；若是完全没有想念，处在清净的状态，就是涅槃。

我们将“想”拆开来看是“心的相”，“念”是“今天的心”，想念也就是今天的心所呈现出来的面相。为什么有想念，就会有生死？因为想念会勾起我们的欲望。譬如我们不上街就没事，一出去逛街，欲望就会被勾起，想买东买西，将物品据为己有。这时候，我们可以用两个观点来看这种心，其一：这是今天的心，因为昨天你没有上街，并不想买衣服，今天逛街才想要买衣服，好不容易下定决心把衣服买回来，穿了三天却不想穿了，感觉这件衣服没有买时那么好看。为什么？因为那是未来的心，今天的心是你立即感受到的，也就是念。其二：是心的相，因为我喜欢红色，所以要买一件红衣服回家穿，衣服本身并没有好看与否或便宜昂贵的问题，当它和我们的心感应了，你就会觉得好看或便宜。譬如我每次看百货公司的东西都觉得很贵，因为我和它不感应；可是，一个有钱人和那些东西发生感应时，他就不会认为很贵，因此，每件衣服可以说是我们心的呈现。

今年过年时，我回乡下住了几天，我哥哥带我到夜市去逛，我看夜市上卖的衣服都很难看，可是我哥哥却说卖衣服的生意很好，因为当地的人觉得这些衣服很漂亮。这些衣服要是拿到欧洲，一定卖不掉，反过来说，欧洲的东西拿到这里也卖不掉。衣服只不过纯粹是衣服罢了，它是我们内在想象所呈现的，所以，衣服不只是一件衣服，而是你的心。你所使用的一切东西，都是你的心的呈现，这也就是想念。

如果一个人受过美感训练，有高超的眼光，他就会选到比较好的东西，为什么？因为这是他的心的一种呈现。一个人的内在没有受过改革，看到低俗的东西也会觉得很美，就像虚云老和尚所说的：“狗改不了吃屎。”因为没有真正地得到提升，就无法去欣赏美好的东西，这就是感应，也是一种想念。

以“觉”和“六识”来认清自心

佛经里说：“想念如瀑流，前念后念，不相顾望，念念相续。”念念相续就构成了我们的人生，我们的整个人生是由不断的想念、占有、和外界事物相应或被外界事物所转动而带领的、一直到死的那一刻，都被想念所带领。譬如某个人这辈子觉得当台湾人很苦，一直想移民到加拿大，却未能如愿，临死时还想着加拿大，然后第二天就出生在温哥华。这就是生死，生死是不断的想念所产生的。不过想念不一定能实现，其中还要取诸于业力。

想念是很容易查知的，譬如想念父母，一闭上眼睛就能想到他们的样子；想念朋友、爱人，一闭上眼睛，他们的样子也就呈现出来，使我们的情绪因想念而有所反应。《楞严经》教我们一个测知想念的简单方法，就是闭起眼睛想到酸梅，立刻流口水；又想到自己站在悬崖旁边，不禁双腿发软；想念男女间的事情，跟着就脸红。由此可知想念是很有威力的。

在生活中，我们也会碰到很多这样的例子。譬如有一天，我去逛饶河街的夜市，看到有人在卖青芒果，又叫“情人果”，我问老板说：“为什么青芒果要叫情人果？”他说：“因为你想到芒果和想到爱人，都会流口水，所以青芒果才叫情人果。”在生活中还有其他的检验方法，譬如你梦到去爬山，第二天早上起来一定会腰酸背痛，也像真的去爬山似的。有一次，我的孩子半夜爬起来告诉我，他梦到在海里游泳，原来是尿床。

当我们在想念时，同时升起了“觉”，便能够检验自己的想念，在想念的内在有一个更深沉的东西，是不会随着想念起伏的，这个东西叫做“觉”，也称做“心”。

第二个检验心的方法叫六识，也就是“眼、耳、鼻、舌、身、意。”六识在佛经的记载中是相通的。释迦牟尼佛在《楞严经》里曾经做过一次示范：他将一条手帕打六个结，然后告诉徒弟说，当手帕打结后，我们往往看不到手帕，只看到六个结，他问：“现在要如何才能看清这条手帕？”徒弟说：“把结打开。”他又问：“从哪个结打开呢？”徒弟回答说：“任何一个结都可以。”也就是说从眼、耳、鼻、舌、身、意都可以打开手帕的结，看到原来的手帕，这个手帕就是我们的心。

更进一步说，眼、耳、鼻、舌、身、意里面有一条连在一起的东西，这种东西在禅宗里称为“六窗一猿”，就是一个房子有六个窗户，里面有一只猴子，不管你从哪个窗子进去，都可以抓到猴子，也就是我们的心和六识有非常密切的关系。因此，要看清我们的心，可以从六识来检验。

在生活中，我们也可以用一些方法来检验。譬如我们看到美丽的东西、吃到好吃的东西、听到悦耳的音乐、身体感到温暖、想到美好的事，都会使我们升起舒服的感觉，这种舒服的反应都是一样的；反过来说，半夜听到救护车的声音或看到坏东西的感受也是一样的。我家楼下开了一家医院，招牌是“董耳鼻喉科兼内科”，有一天，董医师告诉我，耳朵、鼻子和身体都是连在一起的，耳朵痛可能是鼻窦炎，喉咙痛可能因鼻子而起，由此我们可知眼、耳、鼻、舌、身这五个东西本身并无不同，必须要有“意”，这五个东西才会发生作用。我们知道很多植物人的五官都完好，但是却发生不了作用，因为缺少了“意”的功能。所以，眼、耳、鼻、舌、身、意的功用是不能独立的。

至于什么叫做“意”呢？意是由“立”“日”“心”组成的，

“站起来看清楚自己的心”就叫做意，或“站在太阳底下看清楚自己的心”皆为意。意和想念之间有些不同，换言之，比较固执、锁定的想念就是“意”，譬如看到一件衣服非买不可，否则茶饭不思，这种锁定的想念就是意。

固执的意比想念更可怕，反过来说，也可能比想念更容易见到我们的心。意可以使我们愉快、痛苦，可以使我们生，也能让我们死。

前不久，我和几位文艺界的朋友聊天，不经意聊到三毛自杀的事。其中一个朋友是医生，他说上吊身亡的人通常脸会发黑或舌头吐出来，但是三毛死后却没有这种现象；另外一位记者朋友说，荣总挂点滴用的钉子还不到一人高，一般人是吊不死的，可是三毛却能用丝袜在上面吊死，死后还面目完好；所以大家共同的结论是：“她被意念杀死了，和一般人的自杀不同。”当然，这一点还有待查证。不过，可以确定的是，如果不是意念驱使，一个人就不会想自杀，而意念有时候是突然而起。哲学家尼采说：“世界上只有一种人未曾想过自杀，那种人就是白痴。”

很多人是曾想过自杀，但是为什么没有去实践它呢？因为在意念升起时，会升起另一个“觉”来和它相对抗。若是失去了觉，整个人会陷入意念之中。而“觉”的培养要由平日做起，我们要常常检查自己的觉。如此当坏的意念升起时，才不会去实践它，在好的意念产生时，才会有一个更好的态度去执行它。

那天，我们在一起聊天时，有一个朋友讲到心理学上有个很出名的个案：有个狱卒在某个囚犯的手上用刀背划一刀，然后打开隔壁的水龙头，让水一滴一滴落下来，再告诉囚犯说：“你手上的血管已经被割破，你有没有听到血一滴一滴流出来，血流完你也完了。”囚犯紧张地躺到床上不敢动，耳边只听到“滴答”的声音，结果第二天囚犯被发现时已经死了，为什么呢？原来是他认为血真的流干而死了，也就是被意念杀死。

不久前，我曾读到女作家聂华苓写的《黑色，黑色，最美丽的颜色》，她在书中写道：从前德国人迫害犹太人时，都将他们赶到毒气室集体毒死，有一些犹太人还没等到毒气开就死了，原来是意念先于瓦斯，就死了。

所以，意念是很可怕，你想减肥，每天在心里想，一定会瘦下来，想变漂亮，只要每天想，一定会变美。相反的，若是你很忧郁，一定会变得愈来愈丑，这也就是说，意念在生活中会产生很大的效果。

由此，便产生一个重要的观点，就是要照顾我们的六识，让眼睛看好东西、耳朵听好声音、舌头吃自然的东西……使我们的六识得到照顾，处在平安状态；如此，我们的心就很容易察觉，透过不断地观照六识，我们就能比较了解自己的心，慢慢将结打开，有一天将会发现原来自己的这条手帕有很多好看的花纹。

关于心和意念所产生不同的相。佛经《摄大乘论》里提到过一个有趣的观点，它举水为例说：恶鬼看到水，把水当成脓血，鱼把水看成它的家，人见水是水，天人看到水是宝庄严地；所以龙王住的水里是龙宫，天人住的水里也似天宫，而入虚空无边处定者看到水和虚空并无两样。由于他完全处在定的状态，所以在水里不呼吸也能活下去，至于菩萨看到水是清凉地，看到一切处是清凉水。人和菩萨看到的水都是水，所不同的是，菩萨看到水是清凉的，看到一切事物也都和水一样清凉，可以解除饥渴。

所以，一件事物的相都是完全由我们的意念来判别的。当我们的意念改变，事物的相也就跟着改变；因为事物的相得到改变，我们的国土也就改变。因此，心净则国土净，一个人只要心里清净，走到任何地方都是清净的，经常做这样的检验，有如是觉，我们就能“如实知自心”，《大日经》里说“如实知自心就是菩提”，如实地知道自己的心里升起什么想念、欲望，就是菩提。

听心的六种方法

我们知道自己拥有的一切都是由于心的需求、渴望而产生的，接着，我们来谈谈如何倾听自己心海的消息，也就是听听自己心的方法。第一个方法是永远不要失去身、口、意的检验，最好时时刻刻在检验，使它成为一种习惯。当我们习惯之后，连梦里也可以检验，譬如当我们做恶梦时，忍不住念了一声“阿弥陀佛”，这就是检验有了成果。我以前曾经请教一位修行很好的上师贡噶老人，请他用最简单的话来说明什么叫做修行，他说：“一秒钟是身、口、意，一分钟是身、口、意，一小时是身、口、意，一天、一个月、一年，一辈子都是身、口、意，生生世世都是身、口、意，所以只要记住身、口、意这三个字，就是最好的修行。”也就是常常检点自己的身体、语言、意念，努力去察觉它，你就会不断地走向菩提的道路。

第二个方法是“于一切法不执着”，不认为法一定要如何固定，或者一个人要如何做才算是修行，也就是说，不要去执着法或是生活。要懂得品味生活而不执着于生活。禅宗有一句话说：“不与千圣同步，不与万法为侣。”意思是不跟从前的圣人走同样的步伐，不跟万法做伴侣，也就是说，纵使千圣万法也都不执着于佛法，所以，没有什么特别的东西叫佛法，所有的东西都是佛法。当你有了佛法，走到那里都是佛法；没有佛法，走到何处都不是佛法。赵州禅师曾经讲过一个偈：“正人说邪法，邪法亦随正，邪人说正法，正法亦随邪。”意思是如果你是一个正人，不管你所言为何都是正法，若你是邪人，不论说什么都是邪法，即使你所讲的东西名字叫佛法。如此一想，对于佛法和一切世间法也都有了不执着的态度。

第三个方法是我经常强调的，就是“一心一境，佛在眼前”。经常保持一颗心只升起一个境界，一个境界只升起一种心，如此我们的意念便不会分歧，若是我们常常看到眼前的境界，喝水只是喝水，便是“一心一境”；反过来说，在喝水时，想起某年某月的某一天，和某个男、女朋友也是喝这样的水，这时候水就变得苦起来，这种情形便是“一心二境”。有的时候是一个境界升起好几种心，一升起就不能停，因而造成两种状况，即忧伤和散乱。当一个心升起很多境界，或一个境界升起很多心时，都会使我们忧伤和散乱，无法活在眼前的世界。如果能经常提醒自己将想念像猴子一样绑着，就可以处在定的状况。

第四个方法是“勤修戒定慧，息灭贪瞋痴。”这也是虚云老和尚的遗偈。勤修并不是紧张地修，而是勤劳、有恒地去修持戒律、禅定和智慧，为什么要勤修戒定慧，主要是为了让我们的心能够息灭贪瞋痴，因为贪瞋痴都是由心生起，没有心也就没有贪瞋痴，所以要常常去息灭它。

第五个方法要认识自己的生命有更大的可能性。很多人都觉得自己这辈子修行无望，因为别人在禅定，他却在打瞌睡。绝对不要失去信心，因为如来的心和我们的心并无不同，我们也可能像如来一样。万一这辈子没办法成佛该怎么办？没关系，只要努力修得一分即可。当然，我们也可能这辈子就成佛。当我们有这种态度时，内在就跟着产生壮大、开发的感觉，这时候走出家门，气派也不同了，不再畏畏缩缩。当我们觉得自己有成为菩萨的可能时，我们的心才能被倾听和开发。

第六个要保有追求实相的热忱。我们常常说实相，其实，实相是不可说的，就和心一样，心就是我们的实相，在还没有完全了解自己的心之前，我们要不间断地、努力地去看自己的心。当我们一直用着热情去看待自己的心灵世界，随即会产生两个显著的效果，一是物质对我们的转动力减弱了，二是般若升起，智慧自然被打开。所以，作为一个佛教徒或修行者，热情是非常重要的。当我们自认修行很好，却缺乏热情，这种修行可能有问题。我们看到的菩萨都是非常热情的，像观世音菩萨千处祈求千处应，文殊师利菩萨常常保持要帮我们开智慧的态度，他们都具有很大的热情。如果我们失去热情，就无法听到自己内在的消息。

保持心海的单纯平静

心海的消息是非常广大无边的，就像海洋一样，海洋的表面有船只、波浪的各种变化，但是内在却非常平静。我们之所以要走菩提道，便是希望使我们的生命走向单纯平静，由于单纯平静，使我们能像海一样，映出天空的颜色。也就是说，时常保持我们的单纯平静以接收法界来的消息。

我常常举一个简单的例子来说明人和佛及菩萨之间的关系：我们就好比拥有一个收音机，可以收听到很多电台，这些电台都是菩萨的声音，只要你知道频率，二十四小时便可以随时随地听到电台的消息，纵使睡觉也不例外。当然先决条件是你要先知道频率。频率要从何得知呢？从单纯平静的生活中而来，因为趋于单纯，所以不会被复杂的事转动，因为趋于平静，就不容易散乱。这时候我们便可以知道法界的消息，甚至和法界融合为一，进而使自己也变成转播站或广播电台，可以不断发出频率。

依照《华严经》的说法，心是没有分别的，佛心就在我心，众生的心也在我心；换句话说，我是电台，也是收音机或随身听，因为我已经知道各个频率，而这些频率是看不见、摸不到的。我只能说如果你不执着，“一心一境、活在眼前”、不断祈求佛和菩萨，你就可以调到法界的频率。这时，只要闭上眼睛，就可以使我们的心处在和佛菩萨相同的频率上，如此便可说是开悟或见性。

开悟或见性并非有一个特别的东西，而是指我们找到法界甚深、不可言说的奥秘。有人问我找到了没？我说找到了一点，但是还不很清楚，希望可以愈找愈清楚，将来不仅能收听到中广，也能收到小耳朵、中耳朵，甚至大耳朵，收到更远的消息，这也就是无边的心海。

因此，我认为追求菩提道，重要的不只在目标，是一个不断开发的过程，即使是成佛，也是过程。像观世音菩萨在很久以前就已经成佛了，叫正法明如来，可是又回来做菩萨，像维摩诘居士也很早就成佛了，叫金粟如来。根据经典的记载，释迦牟尼佛已经成佛九千次，对他来讲，修行并没有终极目标，只有不断的过程。那么，他这一次来到世间的示现是什么呢？即是生、老、病、死和肠胃病、风湿病等等，所以当你们闹肠胃病时，一想到佛也曾经如此，不禁感到欣慰。而且佛不但结过婚，听说还娶了三个太太，生了小孩，然后才去出家，这些都是很好的示现，让我们知道菩提道的过程非常重要。

这个重要性宛如禅宗所说："家舍即在途中。"意思是路边到处是家，并无所谓终点。所以，要珍惜我们的每一个过程，这个过程从检验想念、意念着眼，并且不要执着，要时常开发、珍惜我们投生到这个世界来的因缘。我相信在座有很多朋友从前都发过菩萨愿，才投生到这个世界，也许有人不相信，说："哪有可能，如果我以前是菩萨，今生怎么这么痛苦。"我要提醒大家，不要小看自己，因为菩萨来到这个世界同样会遭到痛苦、无可奈何的情形，就像最好的音乐家舒伯特也有无声以对的时刻。

所以，不用担心，我们要常常提醒自己，今天之所以能学佛，是因为从无始劫来曾经发过菩提道的愿。那么我们为什么到现在还没有听到从前的愿呢？现在不妨就让我们来听听心海的消息，看看能否听到禅宗所谓"看到父母未生前的本来面目"，也就是我们的心，常常做这种检验和修行，有一天，我们将能够真正见到自己的心。

刀刃与刀柄

刀柄有什么用?

禅宗里有这样一桩公案:

有一天，石头希迁禅师带着弟子石室和尚去爬山。

石头禅师走在后面，腰际插着一把柴刀；石室和尚走在前面，替师父开路。走到山腰的时候，突然被一根树枝挡住了路，于是石室和尚回头对师父说:“师父，把刀拿来。”

石头禅师把刀抽出来递给石室和尚。石室伸手去接的时候，发现没有办法接，因为是刀刃。所以石室讲了一句:“师父，不是这一边。把刀柄递给我。”

石头禅师大喝一声，问他:“刀柄有什么用?”

石室和尚当下就在山坡的小路上开悟。

我读了这个公案深受感动。刀柄有什么用? 这么一问，真的让我们思考许多问题。这世界上有很多东西是没有用的，可是如果没有这些无用的东西，有用的东西也就失去了意义。

我们的人生过程，最多不过一百年，在这一百年里，我们真正可以用来修行的时间非常短暂，姑且把这修行的时间当作是刀刃，那么大部分的时间我们都没有在修行，而是在吃饭、在谋生、在睡觉、在散步、在喝咖啡、在看电影、在听音乐……在做一些看起来没有用的事情。事实上，对一个修行者而言，这些像刀柄的时间，可能都是有用的。因为修行或学佛，是整个人格跟整个生命的展现，而不仅止于在佛堂或真正感觉是在修行的、那个极短暂的时间。

类似这样的故事，在禅宗里还可以举两个例子。

有一次文殊师利菩萨对大众说法的时候，把善财童子叫起来，对善财童子说："你现在出去拔一根不是药的草回来。"善财童子跑出去找，找了半天也找不到一根草是不能作药的，就回来跟文殊师利菩萨说："我找了很久，却找不到一根草是不能作药的。"

文殊师利菩萨就说："好，那你再去找一根可以作药的草给我。"

当时是在野外开法会，善财童子就蹲下身，在地上拔了一根草递给文殊师利菩萨。文殊菩萨就说了一句话："遍天下无不是药的草。"

遍天下的草，没有一根是不能作药的，这也是很令人感动的。它告诉我们，没有一个特别的东西是作药的，如果这个东西有对治的病或对治的对象，这个东西就可以作药。相反的，再好、再名贵的药草，如果不能对治，这药草也就没有用。

还有一个故事是：有一天释迦牟尼佛带着他的弟子还有天帝、菩萨，在田野间散步，看到一个风景非常优美的地方，释迦牟尼佛就对弟子说："啊！如果能在这里盖一座宝殿，不知该有多好！"

这时候天帝就从身旁拔起一根草，插在释迦牟尼佛的跟前，说："现在宝殿已经盖好了。"

释迦牟尼佛便称赞天帝的境界很好。

一根草跟一座宝殿，事实上没有什么不同，全看我们用什么样的态度来看待一根草罢了。

正视眼前的现实

这三个禅宗的故事可以给我们一些启发。我们学佛的人进入修行的时候，常会执着于一些“有用”的东西，这些“有用”的东西包括礼佛、拜佛、念佛、念经、念咒、超渡、印经、放生、布施等等。至于读书、上课、求知识、看电影、听音乐、聊天、运动、爬山、打球，在学佛的人看起来也许是没有用的。

有一次我到佛光山，看到佛光山的师父在打篮球，十个师父分成两队打球，光光的头满场晃动，我看了便觉得感动。师父，也需要打球来锻炼身体呀！

偏偏学佛的人开始修行的时候，会对修行产生一些执着，这些执着就是——要做一些有用的事情。修净土宗的人可能会说，凡是一切有助于往生的，都是有用的；凡是一切人间的，都没有用。修禅宗的人可能会说，凡是一切可以用来开悟的，都是有用的；不能使我们开悟的，就是没有用的。

这其中就有一些值得思考的地方：

第一：如果举办法会、超渡是有用的，那么有钱的人花很多钱超渡、做大法会，死后不全都住进极乐世界了吗？有钱的人，是不是透过超渡就可以往生呢？难道穷人就永远沉沦？

这样讲起来是不公平的。其实不是这样，心行才是最重要的。

我曾经谈过布施。布施就像我们泡一壶茶一样。别人在泡一壶茶的时候，我们拿一片茶叶丢进去，这个布施便具足了。因为，这一片茶叶虽小，却可以融入整壶茶水中。倘若这个茶壶的茶水给一百个人喝，那么每一杯茶水里，都有这一片茶叶的芳香。

布施的大小，并不在于花多少钱或是做多么大的功德，心行是最重要的。当然可以布施很多，更好！

第二是，如果一个学佛的人，执着于前面所说的那些有用的东西，就会变得不能正视眼前的现实。如果一个人不能正视眼前的现实，那么死后的世界哪里可以保证呢？

曾经有一个人问我："请问怎样能够维持临终的正念，而收到助念的效果？"他还没有死以前，每天就在准备怎样维持临终的正念，然后希望死的时候有人来帮他助念。

我的回答是："从现在就开始维持正念，从现在就开始为你自己助念，这才是最切要的办法。"

这样推展下来，一个人专注的生活或禅定，并不是在蒲团上面。蒲团是很有用的，可是离开蒲团有没有用呢？当然也有用。因为，修行是全人格的展现啊！

好好珍惜眼前的生活

去民权东路的殡仪馆参加一位朋友父亲的丧礼。丧礼上每个人都很哀伤，气氛沉闷。每次参加丧礼之后，走到殡仪馆门口，我都会做个深呼吸。

啊！当我深呼吸的时候，我就感谢！能够深深地吸一口气，是多么值得感恩的事情。

然后我从民权东路的殡仪馆散步到亚都饭店的咖啡厅，去喝一杯咖啡，证明自己的存在。亚都饭店的咖啡厅很好，是十八世纪的欧洲风格。坐下来好好地品尝一杯咖啡，我心里充满了感恩，今天我还能坐下来好好地喝一杯咖啡，是多么值得欢喜的事情。因为，一百年以后，我会和这个朋友的父亲一样，不会活在这个世界上了。这样想来，人间的事情就会变得比较美好。

好好地喝一杯咖啡，好好地读一本书，好好地听一段音乐，甚至好好地吸一口气，都是值得感恩的。

如果现在连好好地吸一口气，好好地喝一杯咖啡都做不到，到了百年的时候，就会非常遗憾了。

我们总是觉得极乐世界非常遥远，要越过很多的时空才能到达。其实，远近并不是问题；有的人在远处，却很快抵达；有的人在近处，却很慢抵达。

记得我读小学的时候，班上最会迟到的那个人就住在学校对面。正因为他每天都想："只要一分钟就走到学校了"，所以他总是睡到超过那一分钟。我们一群住在很远的孩子，每天可能要走四十分钟的路程才能走到学校上学，但是我们都是提早二十分钟到学校，因为我们自知路远，会提前一个小时出发。

远近不是问题，这使我们知道，好好地珍惜眼前的事情是非常重要的。

民权东路是一条很有意思的路。殡仪馆的旁边是荣星花园，每天都有男女情侣到这个花园拍结婚照。再走几步就是行天宫，人们到这儿求财、求考试中榜、求婚姻美满、求平安、求子……

走完这一段生、老、病、死的路程，只需要短短的十分钟。

如果从一个大的观点来看，人的生死就像十分钟那么短暂。如何在这么短暂的时间之内，用很快、很立即的态度抵达我们所要抵达的地方？唯有二十四小时全人格的修行。

假使只注重极乐世界，而忽视现实的人生，就是一种断灭的相。佛经里说断灭相是不好的。相反的，如果只注重现实的世界，而忘记了过去与来生，也是一种断灭的相。这种断灭的相，随时随地都在生活中展现着，常使我们觉得：唉！遥远的东西比较好，极乐世界比较好，这里比较不好。就像我们看电视上的速食面广告，都觉得看起来很好吃，赶快买一包回来。真的吃到口，才发觉不像看来那么好吃。因为电视广告造成我们的一种向往，和真实有差距。

有一次我送一个朋友一本《阿弥陀经》。《阿弥陀经》里面记载很多极乐世界的情形，说极乐世界里是黄金铺地，莲花大如车轮，有七宝楼台，空中音乐飘送，天上下的不是雨而是花，小鸟都在为我们说法。

我的朋友读完这本经以后，跟我说：“我不想去极乐世界，因为我想住在有草的地方；如果是黄金铺地，太可怕了，走起路来都是喀喀喀的，心情会很紧张。我也不希望音乐每天从早到晚不停地播放，要的时候才有音乐会比较好。不希望鸟每天对我们说法，鸟只要唱歌就好了。”

这也是一种观点。我们不能拿极乐世界的东西来取代现实的生活；同样的，我们也不能拿现实的生活来取代极乐世界。这是非常简单的道理。昨天吃得再丰盛，也不能止息我们今天的饥饿。今天非常饿，想起昨天那一顿吃得非常好，只会越想越饿，并不会因为想而使我们饱起来。想极乐世界的情景也是一样。

昨天的丰盛，对于今天的饥饿是毫无意义的；今天的丰盛，对于明天的饥饿也是毫无意义的。最重要的就是在此时此刻丰盛，也就是要活在眼前。

执着的可怕

学佛的人常因为强调智慧，而忽略了感官的觉受。其实感官的觉受也是非常重要的。六识的启用让我们进入智慧，怎样进入智慧呢？就是要破除无明和执着。

无明和执着是非常可怕的。举一个发生在我家的事为例。

有一天，我的孩子从学校带了一盒蚕回家，我就开始烦恼怎么养这一盒蚕，因为我小时候养蚕总是失败。我问孩子："你带蚕回来要怎么养？有桑叶吗？"孩子说："有，学校福利社有卖，一包十块钱。"我听了吓一跳，现在竟然进步到连桑叶都有的卖。我又杞人忧天了："碰到礼拜天怎么办？"孩子说："没关系，礼拜六多买一包回来放在冰箱里。"

养蚕于焉开始。我常问孩子，万一学校福利社缺货怎么办？他都说："不会啦！怎么会缺货？缺货的话就天下大乱了。"因为学校里几乎每个小朋友都有一盒蚕。

果然有一天被我料中了，下大雨，学校福利社的桑叶缺货了。孩子放学回来跟我说："爸爸，天下大乱了。没有桑叶怎么办？"我只好开车载他到台北市几个可能有桑叶的地方去找，北投、内湖……都没有找到桑叶。这下子可惨了，没有桑叶，这些蚕一定会饿死。

孩子却突发奇想，说："爸爸，我就不相信蚕宁愿饿死都不肯吃一口别的树叶，我们来试试看好不好？”我说：“好啊！”孩子就找了十几种很嫩的树叶回来，把叶子一样一样地丢进养蚕的盒子里给蚕吃。可是蚕连闻都不闻，不管丢什么叶子，都不肯吃。

这时候，连小孩子都感受到蚕的执着。儿子对蚕说：“难道你吃一口会死吗？我不相信。”蚕还是不肯吃。儿子又说：“一定是它们吃桑叶吃成习惯了。如果它们一生下来，第一口就让它吃别的树叶，那么它就会吃别的树叶。”我说：“是这样吗？我们来试试看好了。”

为了寻求答案，我们每天努力地养蚕，蚕变成了蛹，又产了卵，在卵孵化变黑的那几天，我们很紧张地去搜集各种嫩叶，这样或许它以后就习惯于吃别的树叶。

答案各位大概都知道，蚕不肯吃这些叶子，碰都不肯碰，只只小蚕有如老僧入定一般。好奇怪！它们还没有任何吃的习惯，却不肯吃这些叶子。试了又试，最后没办法，只好把桑叶丢下去。当桑叶一丢下去，所有的蚕就好像跳舞一样，高兴得不得了，都挤来吃。

那一刻，我真的很感慨，感慨在习气中执着的可怕！

执着破，智慧开

蚕，生生世世都吃桑叶，不肯吃别的树叶，古今中外的蚕都如此，没有一只例外。就是这种执着使它们不能变成更进化的动物，不能往更好的道路迈进。

蝴蝶，这种蚕的近亲，也是只吃花蜜，不吃别的东西，从生到死都是如此。我就想，蝴蝶一定是上辈子不肯吃苦，只想吃甜，所以会轮回做蝴蝶。因为这种执着，它不可能进化。而且，同一品种的蝴蝶，身上的斑点不会多一点也不会少一点。我小时候养过蝴蝶，知道一种蝴蝶如果身上是九个斑点，那么同种类的每一只都是九个斑点，没有例外。蛾也是一样，夏天的每一个夜晚，蛾都来扑火，世世代代如此。

这些现象都是由执着而来的，这种执着如果可以破，就可以往前迈进。我想，如果有一只比较有智慧的蚕，有一天吃了别的树叶，发现，“咦，别的树叶也很好吃！”开始吃别的树叶，这个时候，这只蚕的内在就起了革命，破除了小小的执着，而往前进化。

不管是多么小或多么大的动物，都是一样有所执着的。各位都看过猫熊，猫熊已经濒临绝种，因为它只吃箭竹这种植物，偏偏这世界上猫熊很少，箭竹也很少，而且越来越少，猫熊当然就有绝种的危机。如果有一天，猫熊肯吃吃木瓜，吃吃西瓜，猫熊的种族就可以得到延续，智慧可以得到开启。

执着是非常可怕的。我曾把执着比喻为不流动的水，久了以后一定会发臭。水都是流动的，一直流动，就不会发臭，水被执着了，限在一个池塘里，就会发臭。

所以，执着的破除，是我们活在眼前最要紧的一件事。

只要认识眼前的执着，要破除便是简单的。就好像我们拿起一个苹果来吃，把这个苹果切开，我们很容易算出这个苹果里面有几颗种子，因为这是我们眼前的苹果。可是我们无法推算长出这一个苹果的树上长过多少苹果。吃过苹果，把种子拿出来埋在土里，种子长大成树，能长出多少苹果，我们同样无法预测。我们所能掌握的是，现在我在吃一个苹果，并且可以清楚地算出这个苹果里有几颗种子。

也就是说，面对眼前的执着，我们就可能破除将来的执着，或者以前的执着。然后我们人格的塔就会慢慢地建造起来。

前一阵子，《自立晚报》跟《自由时报》上有过一场论战，是作家宋泽莱跟很多的师父、居士们的论战，讨论关于小乘、大乘佛教修行的争议。我读了这次论战的文章，深刻感觉到这是刀刃与刀柄的争执。

如果佛教像一把刀

原始佛教的教化，像是建立一个很坚固的刀柄，大乘佛教是来磨利一把刀的刀刃。而刀柄跟刀刃的争端是永远不能解决的。

如果佛教是一把刀，那么这把刀的刀柄是什么？

刀柄是根本的佛教，根本的佛教所讲的主要道理就是三法印、四圣谛、八正道、十二因缘。

三法印是：诸行无常、诸法无我、涅槃寂静。

四圣谛是：苦、集、灭、道。人生是痛苦的，我们活在现在，感受到这种痛苦，就是一种聚集——痛苦的聚集。想要消灭这种痛苦，唯一的方法就是走入菩提的道路，走入解脱的道路，灭掉痛苦的根源。

八正道是：正见、正语、正思维、正业、正命、正精进、正念、正定。

十二因缘是讲一个人如何投胎到这个世界、最后死亡的过程。

这些基本的佛理，就好像一把刀的刀柄一样。如果没有这些三法印、四圣谛、八正道、十二因缘，佛法就没有立足的地方。

大乘跟小乘佛法的争端，最大的原因是小乘行者对“小乘”这个名称有很大的不满。所以我把小乘佛法称为根本佛法。

至于大乘佛法看不起小乘，这是有缺失的。如果一个人修行大乘佛法而对基本的佛法没有基础的认识，那么大乘就成了空中楼阁。就好像一把刀必须刀刃跟刀柄都很好，才是一把可用的刀。

学佛，制一把好刀

学佛的人，就是在制造一把好的刀。不管是修行大乘或小乘的佛法，都要接受根本的教化，这是释迦牟尼所传下来的教化。接受这种教化，才有办法创造一把可用的刀，创造一把好刀。

创造一把可用的刀，最根本的条件就是建立好的生命品质、好的生命质地。

什么叫做好的生命品质？有一个例子可以说明：

有一种贝类叫做珍珠贝，是可以养珍珠的。珍珠贝有一种特质，就是当它受伤的时候，它会生出珍珠。养珍珠的人，利用它的这种特性，在珍珠贝开始长大的时候，就把它挖开，在里面划两刀，再丢回水中，它就会在受伤的地方长出珍珠。养珠人甚至可以控制这颗珍珠的形状，要什么形状的珍珠，划好形状，丢回水中，它就会长出什么形状的珍珠。

养珠人利用珍珠贝的这种特质来生产珍珠。珍珠贝则以一种温柔的、好的态度来包扎它的伤口，生出珍珠。

一般的贝类，若是被划两刀丢回水中，就死了，因为它没有珍珠贝的这种品质。可以说，珍珠贝有一种忍辱的功夫。

一个修行或学佛的人，首要的就是养成像珍珠贝的这种特质，面对人生的痛苦，产生自己的珍珠。

把宝刀放在心里

人生的痛苦都差不多，不管修行什么样的佛法，都是一样的，重要的是建立这种好的特质。有一句话可以形容这种特质，就是“身怀宝刀而不杀人”。心里面有一把宝刀，但是走在街上并不去杀人。

在武侠小说、武侠电影里，有一种人一看就知道是有武功的，这种人太阳穴凸起，肌肉一块一块的，背着宝剑走在街上，大家一看就知道——哎呀！这个人可怕！是会杀人的，是武功高强的。但是这种人在小说或电影里通常不是武功最高的。武功更高的人是像郑少秋那样的，衣服永远干干净净，走路慢条斯理，吟诗作对，手摇扇子。这样的人武功最高，因为深藏不露，他在内里保持他的特质。

“身怀宝刀而不杀人”的意义就是，一个开始修行的人，应该常常把自己的宝刀放在自己心里，来面对这个世界。不要一走出来，就让人觉得你是在修行的佛教徒，额头上写着“佛教徒”三个字，很严肃。

如果一个人太过严肃、一板一眼、正经八百，如何去渡众生呢？如何使众生得到开发？

我觉得，如果要进入菩萨道，应该要有幽默、轻松、舒坦的特质，这种特质，我们在佛与菩萨的身上可以看到。

与众生无隔

《阿含经》里记载了很多释迦牟尼佛修行过程中的行仪，让我们知道释迦牟尼佛也会大笑，也会流泪，也会生气，在路边看到小孩子，也会蹲下来跟小孩子说说话。释迦牟尼佛是一个可亲的人，使我们觉得佛是非常人性的，而不是一本正经、离开这个世界的。

有一次我到板桥去拜访一个雕刻家，他专门雕刻佛像，在他的厅堂上，摆了一尊释迦牟尼佛的像，这是释迦牟尼在雪山苦行的像，全身瘦骨嶙峋，肋骨一根根都明显可见，血管盘在身上。这尊雕像令人看了非常感动，原来释迦牟尼佛曾经经过这样的苦行！

这个雕刻家雕刻的其他佛像都是胖胖的，看来很富态、宝相庄严。我就问他："你为什么要把释迦牟尼佛骨瘦如柴的这一尊雕像摆在厅堂上呢?"他讲了一段话，至今我还很感动。他说："现在我们根据对佛的认识，都是把佛像雕刻得胖胖的，穿着很好的衣服，常使一般人误以为佛跟菩萨就是穿好的、吃好的、肥肥的。我在雕刻佛像的时候，希望自己不要忘记释迦牟尼佛曾经在雪山苦修的精神，所以我每次在雕刻佛像以前，都会先去看看厅堂上的这一尊很瘦的释迦牟尼佛像，希望在很胖的释迦牟尼佛里面也雕出这样的瘦而锐利、对世界充满悲怀的精神。"

佛没有一定的相，佛可以有很多很多的相，他可能是很温和、很可爱、很可亲的。学佛的人不必要严肃，可以用比较轻松的态度处世，因为我们虽然学佛，其实并不离开众生。我们也是众生的一份了，并不因为我们修行，而变成一个奇特的人。不要走在街上别人一看就知道“喔，这是佛教徒”。

轻松一点，让别人觉得我们并没有什么不一样，这就是与众生无隔，融入众生。

以前我住在乡下的时候，常被人误以为是工人或农夫。我去买青菜，卖菜的看我穿得很土，脚着长筒雨鞋，一副乡下人的样子，一把十二块钱的青菜，算我便宜两块钱。他根本看不出我有什么特别，其实我确实是没有什么特别的。去买水果，老板入内找钱，我站在水果摊旁等着，来了三四个年轻人，拍我的肩膀问：“头家，释迦一斤多少钱?”我说：“我的释迦不卖，他的释迦一斤二十四块。”

我的释迦不卖。虽然我心里有释迦，但是我不要展现给人家看。在别人看来，我是没有什么不同的。这才是走入菩提道、融入众生、塑造因缘的一种好的态度。

※　　　※　　　※

我常讲：“蜡烛台下的方寸之地，是最黑暗的地方。”点起一根蜡烛，就可以观察到这根蜡烛下面正是最黑暗的地方。同样的，时常把光明带给别人的人，往往独自承受痛苦的打击。

释迦牟尼佛的出山或入山，给我们的启示是：一个人可以躲在深山里修行，自己去求三昧，求解脱，求正定。然而如果一个人只求如此就满足了，不是很可惜吗？释迦牟尼佛经过苦修，骨瘦如柴地走出深山，传播教法，说明了入山并不是修行的终极目标。

一个人要在深山里才觉得可以修行，这在大乘的说法非常有趣，叫做“被三昧酒所醉”。为了追求三昧而忘记了众生，就像是喝了三昧做成的酒而喝醉一样。喝了三昧酒就醉倒的人，是无法体贴众生的。

如何不被三昧酒所醉？有三个方法。

第一个方法就是不执着于三昧。所谓三昧就是正觉、正定、正受、正精进。

第二个方法就是把三昧酒分一点给别人喝。自己在三昧之中体验到很多很好的境界，但是不希望独饮三昧做的酒，也分一点给别人喝。

第三个方法是教人人制造三昧酒，让人人都可以从心中生起三昧，这才是修行佛法的目标。

其实，大乘跟小乘是没有必要争论的。一个心胸博大的人，在小乘佛法里也可以读到大乘的精神。一个心胸狭小的人，读大乘佛法也与读小乘无异。

人生是相对的

关于刀刃与刀柄的另一个观照，就是烦恼即菩提。这方面我以前讲过很多了，在这里换个新的方式来讲。

有一个笑话说从前有五个犹太人，死后都上了天堂，在天堂里，五个人起了争执。他们讨论这个世界上最重要的是什么。

第一个犹太人是摩西，摩西指着自己的头脑说："这个世界上最重要的是理性。"第二个犹太人是耶稣，耶稣指着自己的心说："这个世界上最重要的是爱。"第三个犹太人是马克思，马克思指着自己的胃说："这个世界上最重要的是食物。"第四个犹太人是弗洛依德，弗洛依德说："这个世界上最重要的是性。"第五个犹太人是爱因斯坦，爱因斯坦说："你们都错了，这个世界上最重要的就是相对论，所有的事物都是相对的。"

烦恼跟菩提也可以从相对的角度来看。为什么会有烦恼？因为每个人都执着于某些重要的东西。有人执着于爱情，有人执着于金钱，有人执着于名利，有人执着于权位，认为这些都是最重要的。不能满足的时候，就会产生烦恼。烦恼都是因为不足而来。

如果能够看清这些都是相对的，烦恼就可以减轻。

确实，人生是相对的，佛法里也讲世上没有绝对的东西。

就像在一个人非常饥饿的时候给他吃饭，吃饭是很好的，可是如果叫他一天吃八顿，他就会觉得吃饭很可怕。冬天躲在棉被里睡觉是很舒服的事，早上该起床时总希望能继续睡下去；然而如果规定不准起床，睡久了自然会很想起床，因为睡觉不会永远都是好的，睡太多了会觉得睡觉不好，起床才好。

再好的东西，如果永远处在那种好里面，也受不了。永远处在痛苦里面，也受不了。好跟痛苦之间，其实距离是很短的。

调好生命的琴弦

释迦牟尼佛在经过了苦行之后出山的时候，说过："中道是最重要的。"苦行并不能证得最后的解脱。

所谓的中道，就是以一种舒坦的态度来生活，来学佛，就好像调琴弦一样。

《四十二章经》里记载，释迦牟尼佛告诉一个弟子：弹琴要把琴弦调到刚刚好的地方，不能调得太紧。琴弦太紧，一弹就绷断了；太松，就不能弹出好的音乐。

中道，就是把生命的琴弦调得正好，可以弹出很好的音乐，不会很快地断裂。如果一个人修行修到精神状态绷得很紧，一弹就断裂，一定是有问题；修行修到很放松，仿佛不知道修行是什么，也有问题。

不要正经八百、板着脸孔过日子。烦恼是因人而异的。一旦陷入烦恼中，越是板着脸孔，烦恼越是加重，不会减轻。倘使以坦然的态度面对烦恼，烦恼就减轻了。

怀抱希望的箱子

我记得希腊神话里有一则故事，可用来讲烦恼跟菩提。

天神宙斯为了惩罚从天上盗火给人类的普罗米修斯，命令火神用水和泥土烧成一个美女潘朵拉。希腊神话中的神都是忌妒心很重的，火是人类文明与智慧的来源，人间有了火，就会变成像天上的天堂一样，这是神所不能忍受的。这给我们一个启示：只要我们好好地在人间生活，也可以跟天上一样。

话说宙斯非常生气，就把普罗米修斯锁在高加索的山上，又把潘朵拉嫁给普罗米修斯的弟弟埃皮米修斯，以为惩戒。对于一个男人最大的惩罚，竟然是把一个美女嫁给他，这也是一个很好的启示。

潘朵拉出嫁时，宙斯送她一个宝箱做嫁妆，却又告诉她不可以打开这个宝箱。潘朵拉当然会问为什么不可以打开宝箱，宙斯只是严禁她打开而不答。你看宙斯多坏！他完全了解人的心理，越是被禁止，越是会去做。

潘朵拉捧着宝箱出嫁后，每天都想知道这个箱子里到底装了什么东西。一天，她趁丈夫外出的时候，忍不住把箱子打开了。箱子一开，里面冒出一阵怪烟，飞出很多东西，这些东西就是人类的灾祸、痛苦和疾病。

潘朵拉吓坏了，立刻冲去把箱子盖起来，然而所有的灾祸、痛苦、疾病……都已经飞出来了。只有一样东西被她关在箱子里没有出来，这个东西就是希望。只有希望没有飞出来。

人类的灾祸、痛苦和疾病，就是从那时候开始的。

这个故事很具启示作用。虽然我们生活在充满了灾祸、痛苦、疾病……这样被认为是天谴的环境，但是因为我们的箱子里还怀抱着希望，所以我们能够面对痛苦、疾病和灾祸。

菩提跟烦恼其实也是一样的。烦恼，在我们的环境；菩提，在我们的自心。假使能以一种很好的态度面对烦恼，那么烦恼便可以度过。

开发内在的完美

人常常在追求的过程中产生烦恼，而缺少自我的开发。

我写过一个故事：从前有一个老人，七十几岁了，一直没有结婚，他旅行到世界各地，寻觅一个妻子。别人看他找得那么辛苦，就问他在找什么。他说："我在寻找一个完美的女人做妻子。"人们都很同情他，说："你已经走过那么远的道路，难道一直没有找到过一个完美的女人吗？"老人感伤地说："我年轻时，在某地找到过一个完美的女人，一个无与伦比的女人。"人们问他为什么没有娶这个完美的女人，老人说："因为她也在寻找一个完美的男人。"

你看，倘若向外寻找完美，永远不可能寻得。即使寻得完美，也无能为力；因为我们的内在并不完美，有什么资格、有什么福分拥有这样的完美？

因为我们的内在不完美，所以我们看到的东西都不完美。

要寻求菩提的生活，要破除烦恼，重要的便是内在保持着希望，然后开发自己的完美，使自己成为一个完美的人。唯有在我们变得完美的时候，看到的世界才是完美的；走到哪里，哪里都是好的；走到哪里，哪里就是清净的国土。

解脱是学佛的目的，一个人走上完美之路，最后便得到解脱。解脱有两个要件，完美也有两个要件，第一是内心的清净，第二是外在的清净。

释迦牟尼佛曾经告诉我们，假使内心没有清净，外在就不可能清净。要想追求一个理想的、完美的环境来修行，是不可能的，因为我们的内在不理想也不完美。认识眼前这并不理想也不完美的环境，在这样的环境里，保持着希望来修行，才是一个修行人应该有的态度。

清净身口意

再从刀柄跟刀刃的关系来谈身、口、意的关系。

学佛最重要的是清净我们的身、口、意，达到内在的清净。

身，就是行为跟身体的清净。口，就是语言的清净。意，就是意识、意念的清净。

身、口、意清净了，人就可以清净。要想清净身、口、意，唯有掌握自己的意念；因为行为跟语言都是由意念而来的，有了意念，才有行为和语言。意念最重要，行为跟语言都是不可靠的，会因各人不同的诠释，而传达出不同的信息。

一个学佛的人应该知道，控制意念最重要，而不是寻找语言或行为的动机及意义。语言跟行为就好像刀刃一样，如果不能握好意念的刀柄，语言或行为就容易产生偏差。所以要握好意念的刀柄，控制自己的意念，掌握自己的意念。

根本佛教里有一个很好、很简单的方法，用以掌握意念，就是十念法。这是意欲进入菩提道的人，应该心心念念不忘记的十念。

第一是念佛。要仰慕、追随、信奉、追求佛的成就，希望自己也像佛一样。

第二是念法。常忆念释迦牟尼佛所教的佛法，希望法可以利益自己的身心。

第三是念僧。常忆念这世上曾经有过的伟大的修行者，向他们看齐。

第四是念戒。在忆念里存有戒律，行为跟语言就不会违犯戒律。

第五是念施。施就是布施，就是舍，常忆念着要把自己的东西舍出去，舍到一无可舍，就达到了空境。

第六是念天。念天是忆念天道的殊胜。在根本佛教里，佛陀常讲天道的殊胜，要我们忆念天界、行五戒十善，便可往生天界，因为人间是很苦的。

第七是念休息。休息很重要，并不是坏事。打坐累了，去睡一觉有什么关系？睡一觉起来再打坐，不是很好吗？所以要念休息。但是念休息在这里有另一层涵义，就是念烦恼的止息，把自己的烦恼休息下来，歇息下来。歇，就是菩提。

第八是念安般。念安般就是念呼吸、念数息，常数自己的呼吸。依照佛教的说法，呼吸分成三个层次，第一个层次是喘，爬山爬得很累会喘，晚上睡觉打鼾也是喘，这是很低的境界。第二个层次是气，一般人的呼吸就叫气。第三个层次是息，呼吸在若有若无之间，就好像乌龟的鼻息很不明显，非常地定，所以乌龟长寿。我有一个朋友在巴西买了一只很大的乌龟想带回来，可是他还要去别的地方旅行，竟然将乌龟塞进行李箱，寄航空货运，三个月以后才寄达台湾。打开箱子一看，乌龟还好好的，据他形容是“还对着他微笑”。现在这只乌龟还养在他家，这个朋友就是吴炫三。

卡露仁波切讲过，一个人如果只注重呼吸而不注重般若的开发，那么他转世的时候，就会投生做乌龟或者是会冬眠的动物，像蛇、熊之类的。我们念安般，是在平常的时候，像是走路、睡觉或者散步、打坐的时候，注意自己的呼吸，让自己的气息处于很好、很安定的状态。

第九是念身。“念身非常”——常想到这个身体不是永恒的，不会永久驻留，有一天会离开这个世界，会死亡。不仅是自己的身体，所有众生的身体都会离开这个世界。常有这样的念头，就会生起精进的心。如果没有这样的念头，可能会等闲度日，心想：“哎呀，今天不要修行了，太辛苦了，还有明天嘛！”明日复明日，有一天终会没有明日，那时候一切都来不及了。

第十是念死。常忆念自己会死亡，人都会死，死亡就在眼前。唯有面对死亡，才能开启智慧。

心存这十念，就不会忘失自己。

要修行到无念，是非常艰难的，但是修十念法并不难，就从这十念法做起吧！

无限感恩的心

掌握我们的念头，就好像握住我们的刀柄一样。只要握好刀柄，在用这把刀的时候内心就不会害怕。

电影里，坏人拿着刀子的时候，男主角就紧张了，等男主角夺到刀子，轮到坏人紧张了。把刀柄握在自己手中，内心便没有恐惧。

从一把刀子，从刀柄与刀刃，我们可以对人生、对智慧产生许多观照。

每个人每天都有拿刀的机会，刀本身并没有好坏，一如菩提跟烦恼本身也没有好坏，端看握刀柄的人如何使用。不能好好握住自己的刀柄而学佛，反而会伤害了自己。

每天在拿刀的时候，若能有这些观照和智慧，有一天会像石室和尚一样，得到真实的开悟。到那时候就会知道，天地间，没有不能做药的草，所有的东西都可以开发智慧。

要活在当下，活在眼前，要看脚下。

每天起床以后，要抱着很好的态度来修行。吃早餐的时候，好好地吃这一顿早餐，内心充满了欢喜。吃午餐、吃晚餐、睡觉的时候，也都是这样。这种态度，跟在佛堂礼佛、诵经、拜佛是一样虔诚、一样感恩的。

学佛的人，每吃一餐饭都要存感恩之想，要供养佛、供养法、供养僧、供养一切众生，然后才供养我自己。这种虔诚的心、庄严的态度，与在佛堂里对佛供养是完全一样的。只有做到这种程度，一个人才可以真正做到修行不离开生活，一天二十四小时都是修行。

我想，当诸佛看我们好好地吃一餐饭的时候，都会发出赞叹的声音："你看这个人是多么虔诚、多么感恩地在吃着众生的供养。"

欢喜无量的心

每一次释迦牟尼佛要讲经之前，都着衣持钵，到村庄里化缘，坐下来吃饱了饭，然后开始讲经。读《金刚经》每每读到这样的开头，都非常感动。感动的是，佛也要吃饱饭才能讲经，佛也是和我们一样好好地吃一顿饭，好好地活在人间。

学佛，千万不要离开生活。离开生活而学佛，学佛就会变成妄念，变成虚妄、不实际、不可把捉的。如果学佛能落实在生活中，就会发现，每一步都是那么踏实，生活中充满了喜乐，充满了好。

不论是在根本佛教或是大乘佛教里，释迦牟尼佛都教我们要有四无量心——慈无量心、悲无量心、喜无量心、舍无量心。

慈、悲、喜、舍这四无量心，最常被忽略的就是喜无量心。要充满喜悦，来面对眼前的生活。常保持喜悦的心，这是菩萨心，是根本佛法中很重要的教化。

假如你觉得自己太严肃了，太过于一板一眼的时候，何妨放松一下；把你的领带拉开，西装脱下来，这都没有关系，不会影响修行。

放松一下！让我们调整脚步，用一种好的、坦然的态度往前走。

常常记住，喜要无边无量，像慈悲、像布施一样广大，这样修行比较不会产生问题，在修行的过程中也能够真正体验到法的快乐。

法的快乐是什么？叫做禅悦，叫做法喜。“禅悦为食，法喜充满。”这是修行很重要的经验。

喜无量心！先把你的家人照顾好，让他们每天都吃饱饭，自己也吃饱饭，才有心情、力气跟他们讲经嘛。佛也是这样啊！

七宝与七情

不使佛教流于形式

我最近去了一趟泰国，对泰国人民所信奉的小乘佛教（即原始佛教）与大乘佛教的区别有了一番观察。

泰国法律规定所有的男子都必须出家，就像台湾规定男性必须服兵役一样；没有出过家的男人，就像在台湾没有当过兵一样，在社会上是会受到轻视的。与我们的兵役不同的是，他们出家是可以分段完成的，例如一年出家一个月，分六年来完成。

泰国规定出家，造成一个严重的后果，就是人民对于佛教的态度趋于两极化。对于出家经验感到欢喜的人，就进入了菩提道；也有一些人由于被迫出家，而对佛教产生反感。这是我所观察到的一个问题。

还有一个现象是，在泰国及其他同样信奉小乘佛教的国家，人们只信佛以及佛的弟子，根本不信菩萨。

因为不信菩萨，所以认为居士是不能修行的。女居士就更不用提了，女人在泰国的社会地位很低。如果把证严法师这么伟大的师父请去泰国弘法，泰国人没有机会认识她，因为他们根本不信女人可以成道。在泰国人的观念里，没有女性修行者，如果是男性，没出家也不可能修行。

相形之下，在台湾，居士或女居士是非常幸福的。

另外，也有令我感触很深的，就是泰国对佛教和出家人尊敬的程度，这是我们台湾赶不上的。泰国较具规模的寺庙前都树牌为记，人们也都懂得尊重寺庙，行车经过时一概减速慢行。常见急驶而来的汽车突然煞车、缓缓驶过的有趣画面，为的是不破坏寺庙的宁静。

首都曼谷的市长之所以能够当选，也和佛教有关。现任的曼谷市长就是由于他小时候在寺庙出家期间表现优异，后来出来竞选市长时，就凭借这种良好的名声，得到选民的支持。由此可见佛教在泰国的影响力，一个人对佛教信仰的虔诚度，正和别人对他的信任程度成正比。

在泰国，虽然人人都信仰佛教，事实上却很少有人去理解佛教，实践佛教，或去印证佛教。也就是说，在“信、解、行、证”方面，大部分的人都停留在“信”的层次，以至于佛教在泰国最后流于一种形式主义的佛教。这是很可惜的！这使我感觉，我们中国的祖师们是多么慈悲，告诉我们应该中观，应该合乎中道，不要偏激或极端。

泰国经验带给我一个重要的体验，如果宗教变成生活里的一种强迫性规定，极可能使生活产生很大的质变。也使我思考到：宗教如果不是融入生活，而是一种规定，那么它所带给生活的可能是灾难。

像泰国及其他笃信小乘佛教的国家就产生这样的结果，社会变得两极化。一部分的人很虔诚，性格非常温良的；另一部分的人无所不为，无所不做的。一位泰国朋友告诉我说泰国有几样特产，一是寺庙，二是和尚，三是妓女，四是人妖。想想看，满街都是和尚，满街也都是妓女，这是一个截然划分的社会。也有人告诉我，在泰国找一个杀手杀人，只要花一千元泰币就可以了（泰币和台币币值差不多）。花一千块就可以杀一个人！而拿到一千块就去杀人的这个泰国人可能是一个佛教徒，而且曾经是一个和尚。听起来很可怕，想起来更不是味道，很觉得辛酸。

因而我深深体会，要使佛法成为生活的一部分，必须是在一种和谐的、心甘情愿的状态下才能达成。规定人人都要当和尚，一定有一部分人讨厌当和尚；就像我们有服兵役的规定，但是一定有人不喜欢服兵役一样。

信佛教，要注意两点：第一是打破形式主义的佛教；第二是不要使佛教变成我们生活里痛苦的来源，变成我们束缚的来源。

不使佛教成为生活束缚

很多佛教徒在没有学佛以前是很快乐的，学佛以后，旁人反而觉得他过得很痛苦，他自己也觉得痛苦，因为有许多的束缚，许多的戒律。

有人来问我怎么办，我就劝这个人先停一段时间不要学佛。因为学佛已经造成生活上的压力跟痛苦，如果不化解而继续下去的话，有一天会累积为莫大的反弹，这个人就有可能会像泰国的佛教徒那样，不是极端虔诚，便是变成一个很坏的人。

我们要学的佛法，是不流于形式、有很好品质的东西，也就是非形式主义的。它是来开发我们内在品质的，而不是用来造成生活的束缚、痛苦与压力的。它是能够使我们自由、自在的一种力量。学佛如果越来越不自由，越来越不自在，其中就有问题需要探究了。

学佛是追求心灵的改革与创造

我在泰国演讲时，很多人来听，听众听后觉得不可思议，怎么会有如此不同的佛法！听众中有一位是泰国教育部长，演讲会后，交代有关单位把我的书翻译成泰文，第一本就是《菩萨宝偈》，希望给他们的佛法注入一些新的观点。因为我讲的佛法不是一成不变的，事实上，佛法是一种心灵的革命，心灵的创造。

“佛”这个字非常有意思，左边是人字边，右边是弗，就是“不是”，译成白话是“不是人”的意思。“佛”不是人，为什么？因为佛是人的改革。对佛，对大乘佛法的菩萨而言，最重要的是什么？是慈悲。“慈”是“兹心”，“兹心”就是“如是心”，本来的心。“悲”是“非心”，不是心，不是人的心。

也就是说，一个人要创造真正的慈悲，要从“非心”开始，从心的改革与创造开始。

曾经听过一个悲剧。有一个人，他的父亲死于矿坑，儿子也死于矿坑，后来孙子也死于矿坑。悲剧一代一代地重演，这不是宿命，而是这一家人不知道改革与创造。如果他的儿子、孙子在他父亲过世的第二天就离开矿坑，命运就会改变，这就是一种心的创意与改革。

有人谈恋爱一再失败，一谈再谈，每一次都弄得遍体鳞伤。有一个女孩子写了一封信给我，因为她连续被三个男人抛弃。她说，被第一个男人抛弃的时候，虽然怀恨于心，但是她想："这是我的'业'!"被第二个男人抛弃的时候，她想："这可能不是'业'，我要报复!"被第三个男人抛弃的时候，她的想法是："我一定要杀死他!"

她的想法越来越恐怖，我就问她："为什么你没有想过，自己为什么被抛弃?"这就是创意，对生活或对生命有新的想法。

在生活里，有很多的行为模式影响着我们。像这个写信给我的女孩子，她谈恋爱失败，为什么一定要恨、一定要报仇、一定要杀死对方呢？我常常思考这个问题，认为这些反应很可能并不是她真实的情绪，而是从小模仿而来的。在电视剧里，谈恋爱失败，不是打对方耳光就是拿水泼对方。像这样的情节，一再出现于广告、电视剧、小说中，提供了一些模式——遇到什么事，会有何种固定反应。而这种反应，很可能不是你真实的反应。

以谈恋爱为例，一百个人之中，不可能每一个人遭遇这样的事件都产生恨，很可能有五十个人是没有恨的。为什么你恨呢？因为你从小就被教育或被熏染出这种行为模式。

心的改革从何处开始

从前我在失恋的时候常想：可不可以不要有恨？为什么一定要有恨？

这样转念一想，便得到很大的解脱。

别人心中有恨，我们不一定要有恨，不一定要报仇。这样我们会感觉自己的人格得到了提升。

这就是一个新的开发，使心灵有新的改革、新的创意。

生活在这个社会里，每天的生活是竞逐名利、呼吸肮脏的空气、忍受混乱的交通。绝大多数的人是无奈的，却没有想到要怎样来创造一个新的空间。

人为什么要修行？为的就是希望在内心创造新的改革、新的空间。

这种改革从何处开始呢？

找寻内在的宝物与七情的开关

七情是喜、怒、哀、乐、爱、恶、欲七种情绪的反应。

依佛教的说法，七情的本质都是一样的。本质一样，可以使我们得到这样的结论：“只有哭得很好的人，才可以笑得很好。”

哭跟笑的本质是一样的，如果我们学不会怎样好好地哭，就不会懂得怎样好好地笑。因为哭跟笑的开关是同一个开关。

如果我们能够找到这个开关，那么我们可以喜，喜得很好；怒，怒得很好；哀，哀得很好；乐，乐得很好；每一样都很好。不会因为学佛的关系，变成一个完全没有感受的人。

如果我们因学佛而变得没有感受，跟木头没有两样，这样是错的。

人有喜、怒、哀、乐，但是要清楚它的开关在哪里。清楚开关在哪里，就不怕黑暗。就像知道一个房子的开关在哪里，进入这个完全黑暗的房子就不会害怕，因为闭着眼睛就可以把灯打开。

我们害怕黑暗，是因为不知道这个房子的开关在哪里，心里会想："怎么这么黑！怎么办呢?"于是产生焦虑、恐惧。

所以，我们必须找到我们内在"七情"的开关、内在感受的开关。

七宝是金、银、琉璃、玛瑙、砗磲、琥珀、水晶。每一部经典中所讲的七宝各不相同，但是都是指很好的东西，很漂亮的东西。

为什么经典中的七宝都不同呢?因为"宝"是主观认定的，你看它是宝，别人可能看它不是宝。

就像我有一个朋友，他专门收藏马桶，家里摆了四五十个马桶，每天换着用。他觉得很宝，我们可能就无法忍受家里摆满了马桶，无法理解其中的乐趣，更不觉得这样的"收藏"何宝之有。

事实上，七宝在佛经里是一种象征，象征好的东西。

假若一个人内在有宝，那么他看到任何东西都可以很宝，这就是一个新的创造，内在空间的创造。

扫除迷障见自性，自性即开关

我们内在的宝物是什么？我们内在七情的开关又在哪里？依照佛教的说法，这内在的宝物、内在的开关，就是自性，就是佛性。

佛性是最终极的开关。

七宝与七情，就如同天空的云一样。一个人要认识自性，首先必须认识在彩云背后有一片天空。把天空的云扫干净，就可以看到背后的天空。

不过，在没有看到云背后的天空之前，我们要认定：不论是乌云密布或暴雨来临的时刻，它背后都有一片天空是不会被改变的。这天空，这自性，到底是什么样子呢？可有经典对这“自性”有非常清楚的描绘？

有一部经典对“自性”有非常清楚、次第分明的描绘，这部经典就是《心经》。

《心经》被称作“经王”，是非常尊贵的经典之王。虽然很多人每天都念《心经》，念很多遍，但是真正了解《心经》内涵的人却很少。

简单地说，《心经》讲的是心灵的改革与创造。

观照世界及自己，向深处开发

观自在菩萨，行深般若波罗蜜多时。

常常听到人们念《心经》，经文最末是“揭谛，揭谛，波罗揭谛，波罗僧揭谛，菩提萨婆诃。”这是什么意思？我问一百个人，没有一个人知道。

天天念诵却不识其意，未免枉然。事实上，《心经》简短易解，又蕴义精微，是学佛人不该错过的。

以下只是我简单地对《心经》加以诠释，不能和师父所讲的层次相比。

《心经》的第一句是：观自在菩萨。

观自在菩萨，就是观世音菩萨。

如果你在古董店里看到一尊菩萨，一脚向外伸出，一脚盘在莲花上，这就是观自在菩萨。

为什么观自在菩萨是这样特别的姿态呢?

一脚向外伸出，是因为他随时要跨脚出去解救众生。

为什么不两只脚都朝外伸出去，这样，起身去解救众生的速度不是更快吗?原来，他的一只脚盘在莲花上，是安住不动。在心里有众生的时候，他还是安住不动。但是一听到众生求告的声音，立刻用很快的速度站起来去解救众生。

我家里就请了一尊这样的观自在菩萨。

一般人都知道观世音菩萨之所以叫做“观世音”，是因为他观照世间的音声，循声救苦。他的另一个名称“观自在”比较为人忘却。“观自在”就是观照自己的内在世界，得到自在。

《观世音菩萨普门品》中，对于这种大观照有着清楚的描述：

真观清净观，广大智慧观；

悲观及慈观，常愿常瞻仰。

用白话来说，就是：

真实地、清净地观照这个世界。广大地、有智慧地观照这个世界。很有悲心地、很慈祥地观照这个世界。常常有这样的愿望，常常这样瞻仰，一个人就可以进入观世音菩萨的境界。这五种观照，称为“菩萨五观”。

能够这样广大且深刻地观照，最后便可以得到自在。

※ ※ ※

《心经》的第二句是“行深般若波罗蜜多时”。

行深，就是越走越深，深入内部的世界。

禅宗的故事里，有一个关于黄檗希运禅师的故事，令我非常非常感动。

黄檗希运禅师原本与母亲相依为命。但是他为了出家修行，离开了母亲。

他的母亲在独生子离开后，过度思念，流泪不已，过了一段时间，眼睛哭瞎了。她决心要找回儿子，然而人海茫茫，怎么找呢？她想到了一个法子：在家门前的路上设了一个茶亭，只要有出家的师父经过，她就奉茶给他们喝，帮他们洗脚。因为黄檗的左脚有一颗凸起的痣，她想借此方法寻找儿子。许多年就这样过去了。

黄檗出家后也非常想念母亲，有一天不自觉地往回家的路上走去，看到有个茶亭，就走了进去，一看，里面竟然是分别已久的母亲。

他母亲奉茶给他喝，接着就要帮他洗脚。黄檗挣扎许久，伸出右脚来给母亲洗。在母亲帮他洗脚的时候，他就告诉他母亲，释迦牟尼佛是很伟大的，释迦牟尼佛抛弃家庭去出家为的是什么。他母亲把他的右脚洗好了，要洗左脚。他说，因为我的左脚受伤了，所以不能让你洗。说完站起来，从小路离去。

黄檗走后，有人告诉他母亲：刚才离去的人就是当今很伟大的禅师，叫做黄檗希运。他母亲痛失团聚的机会，哀恸不已，跳江自杀了。

黄檗知道了，讲了一句话：“只有得到解脱，才是真报恩。”

啊！我读得满头大汗！只有得到解脱，才是真报恩！黄檗果然成为一位非常伟大的修行者。

这就是“行深”。纵有内在的挣扎，犹保持不动的境界。

如果一个人没有办法行深，就不能进入佛的内在的世界。

其实，“行深”在生活中是很容易体验得到的。

例如我小时候曾经跟我父亲到六龟山上，去采野生的兰花。

我们背着帐棚走了两天一夜。那个年龄的我，无法理解父亲为什么要做这么辛苦的事，走两天一夜，只为去采兰花。我就问父亲：“你采兰花是要做什么？”他说：“为的是采回去欣赏。”

所有的花都可以欣赏，何必走两天一夜呢？

后来父亲跟我说：“因为很多人从未看过这么美丽的花，所以要采回去给他们欣赏。只有走几天几夜、走到没有人迹的地方，才能采到最尊贵的最好的兰花。”

这个经验给我很大的震撼——要走到人迹罕至的地方，才能见人所未见，得人所未得。

在禅宗里，这叫做“向万里无寸草处行去”——向万里没有一根草生长的地方走去。也叫做“高高山顶立，深深海底行”——独自行走在山顶、海底。也叫做“独坐大雄峰上”——独自坐在高高山峰上。

有一次我到屏东访友，朋友带我去看野生的茶树，这种野生的茶树长得比一层楼还高。印象里，茶树都矮，高仅及胸，因为这些茶树每天都被采摘，所以它们从来没有机会长大。

去看高度令人惊奇的野生茶树，也是要走好几天的路程。那茶树已有一百多年的历史，带给我很深的启发：这就是行深，往更深的地方去开发。当然，这是外在的开发。内在世界也是一样，永远没有止境地往内在开发，就是行深。

“般若”就是智慧，“波罗蜜”是到彼岸。“般若波罗蜜多”也就是到彼岸的智慧。

至于“时”是何种状况？当你非常专注地做一件事，专注得进入忘我、无心的状况，你就进入了这个“时”。

生活中，这种无心的状况并不难体验。

在炎热的夏天，忙碌了一天回到家，好好地洗了一个热水澡，坐在最喜欢的椅子上，拿一本书看，听一段很好的音乐，此时便进入“时”——一个非常无心的状况，因为你全身都放松了。事实上，你是进入另外一个时间，另外一个空间，它跟你平常的生活是重叠的，但是不在同一个平面上。

这种无心的状况，不管多么高贵或多么卑贱的事，都可以使之出现。在生活里，有很多这样的时刻。

《心经》里，“时”是当你生起彼岸的智慧（也就是清净的智慧、温暖的智慧、光明的智慧，凡是好的智慧都可说是彼岸的智慧），到一个很好的境界的时候，你便进入这个“时”。

看清因缘起灭皆空相，即可超越苦难

照见五蕴皆空，度一切苦厄。

照见五蕴皆空，五蕴是色、受、想、行、识。

色，就是形体、形象、颜色。

受，就是感受、感觉。

想，就是因感觉而产生的意念。

行，是因感觉、意念所产生的动作或行为。或者说是迁流不息的生命。

识，是透过前面四者所得的一种固定的意识状态。

举一个简单的例子：

你在山上看到一朵百合花。

如果你不认识百合花，那么你看到的是：这朵花是白的，形状像喇叭。你看到的是它的形体和颜色，这就是“色”。

接着，你感受到：啊，它是多么纯洁！这是“受”。

你又想：这种纯洁真好，我喜欢！这就进入了“想”的境界。

这么美的花，把它摘下来带回家不是很好吗？于是你把花摘了下来。这是“行”。

花带回家了，家人告诉你这是一朵百合花，你就会把这朵花与“百合”的名称合而为一，产生的就是“识”。从此你就认识百合花了。

五蕴就像遮蔽了天空的云一般遮蔽了我们的自性。想要看见自性，必得先照见五蕴皆空。看见一朵百合花的时候，只是看见这一朵百合花，不会受到固定的俗世之见的影响。

假使我们对一朵百合花有任何的评价，都不足以使它因而减损或改变。它的实相是不变的，因此，我们的色、受、想、行、识，对这一朵花是没有作用的。在这样的状况下，就可以看清：我们主观的色、受、想、行、识，对于客观的物件是没有作用的，并且是无法捕捉的，是空性的。这样便能有这个体认：五蕴都是一种空相，它有起灭，却没有实体。

从百合花我想到了最近在家里种的一种植物，俗称姑婆叶。它的叶子大大的，之所以叫姑婆叶，想必是因为跟姑婆同样啰嗦，很会繁殖。我觉得这种植物很美，我的岳母看了却感到可怪："这是没人要的植物，你怎么种这个？"

现在，姑婆叶没有身价，乏人问津；可是从前在乡下却很有用处，乡下人用它来包猪肉。采一片姑婆叶，可以分成好几片来用，用后弃之于地，回归自然。

现在都是用塑胶袋，去买十个面包，就带回十一个塑胶袋，这种万年垃圾的泛滥是非常可怕的。从这个角度看，姑婆叶是很有价值的；但是从另外的角度看，它又是毫无价值。可是，不管你怎么看它，它都是不会被改变的。它就是姑婆叶，它就是很会繁殖，长在每一个地方。

假使我们可以看清因缘的起灭，看到色、受、想、行、识背后的天空，就很容易进入照见五蕴皆空的境界。

※ ※ ※

度一切苦厄就是超越一切痛苦和困难。

照见五蕴皆空的人，可以超越一切痛苦和困难。

因为对因缘的起灭了然，要超越就很容易。

从人生的广大角度来看，因缘的起灭不是很不可思议吗？成功与失败，又何尝有一个标准呢？

人们常说："失败为成功之母"，其实，"成功是失败之父"这句话同样的重要，却往往被忽略了。如果没有成功，就不会有失败，二者的本质是一样的。

色与空都可以使我们开悟

舍利子，色不异空，空不异色，色即是空，空即是色。

每读《心经》读到“舍利子，色不异空，空不异色，色即是空，空即是色”这一段，总是感到特别地温暖。佛陀的这一声“舍利子啊！”仿佛就在我们耳边响起，仿佛就是在呼唤着我们，叮咛着我们。

“舍利子”是佛陀呼唤弟子的名字，就好像《金刚经》里佛陀叫唤“须菩提啊须菩提”一样，也像呼我们“善男子啊善女人”一样，读来温煦感人，有如佛陀在我们耳边呼唤着，把我们的灵魂接在他的线路上。

舍利子是释迦牟尼佛的弟子中最有智慧的一个。释迦牟尼佛对舍利子讲述《心经》，表示这部《心经》是一部包含非常高深智慧的经。

舍利子名字的由来，据说是因为他母亲在怀胎时，突然智慧大开，变得异常聪明，而且辩才无碍，所以被人称为“舍利”。

“舍利”的梵文意思就是灵鹫的眼睛。灵鹫是飞在天上的老鹰，眼睛特别灵敏，飞翔在一千公尺的高度，犹能看到草原里跑过的一只老鼠。所以用灵鹫的眼睛来形容智慧非常的高远清明。而舍利生下的儿子，就叫舍利子，也是非常有智慧的人。

佛陀告诉舍利子：色与空，是一体的两面。

以百合花为例，当我们看到一朵百合花的时候，事实上已经看见它的枯萎了。为什么这么说呢？因为它是因缘所生起，也会在因缘里灭去。只因为正好有一个时空的因缘使它产生，事实上它没有实体。

色就是空，空就是色，二者没有分别，没有高低或层次之分。所有的一切都是从空而来，也都走向空。

悟得这一层道理，将更能掌握自己的心。

知道色即是空，就不会被色所转，因为知道物质跟形体，一切都是空的。

知道空即是色，就不会轻视物质跟形体。这是很重要的，如果只知色即是空，那是见树而未见林。

《华严经》里，把世界分为三个世间。第一个世间是器世间，就是物质的世间，色的世间。第二个世间是有情世间，就是有感情的世界。第三个世间是正觉世间，是空性的世界。

其实，色，就是器世间；空，就是正觉世间。有情则介于色、空之间。假使有情能够转器，就可以进入正觉世间；如果有情被器所转，就进入色的世间。

色与空，本是一体两面；然而，要知道色也有色的价值，不该全然排斥。所有这世间的一切形体、物质，都可以用来使我们开悟。

《比丘尼传》里就有这样一个具有启发性的故事：

有一个美丽的女人想要修行，可是她长得太美丽了，美得令她自己都担心她的色相会是修行的阻碍，最后竟以灼热的木炭将自己毁容，以便专心修行。

看了这个故事，直感慨这个女人实在太极端了！

容貌长得很美，大家看了都觉得欢喜，不是很好吗？只可惜她只看到色即是空这一层，怕自己太美，祸乱世间，不惜自己毁容！想想看，毁容以后的可怖脸孔，令大家看了都觉得害怕，岂不是更祸害吗？

色与空，没有高下之分，既不应该特别舍色而求空，也不该舍空而近色。

翻转愚昧为智慧

受想行识，亦复如是。舍利子，是诸法空相，不生不灭，不垢不净，不增不减。

至于感受、思想、行为、意识，也跟形体一样，不可轻忽，但是也不要看作是真实的。

佛教的经典中，将五毒当做五智，认为五毒与五智也是一样的。把我们的贪、瞋、痴、慢、疑这五毒翻转，就都变为智慧。因为当我们看清楚我们的贪、瞋、痴、慢、疑，可说已然朝向智慧迈进了一大步。

所以，不要害怕我们内心的贪、瞋、痴……要去认识它，掌握它，并且知道它是空的。这样，曾经困扰我们的贪、我们的瞋，都将转变成我们的智慧。

只可惜，人们常常陷入贪、瞋、痴、慢、疑的假相中，无法得到解脱，甚且越陷越深，终至沦入失去理智的状况。

有一个笑话讲的是一个十分善妒的女人（妒即五毒中的瞋），从不放心丈夫外出，每当丈夫出门在外，她就紧张万分，怕丈夫越轨。等到丈夫一回到家，她就立刻进行搜索，检查丈夫身上有没有女人的长头发、口红印……只要寻得蛛丝马迹，她就大闹特闹。

后来，她在丈夫的衣服上再也找不出可疑的发丝或唇印了。可是她却心有未甘，继续侦查了七天，还是一无所获。这个女人非但不感到安慰，反而痛哭起来。她的丈夫十分不解地问她："为什么哭得这样伤心呢？你应该高兴才对啊！这表示我近来表现很好，都没有在外面拈花惹草呀！"没想到善妒的女人哭得更大声，说："没想到你现在这么堕落，连秃头的女人你也要！"

这个笑话原本不值一哂，无非只是让我们看一看，当一个人沉溺在妒海之中时，会陷入一种完全无知的状态。

所以，保持一种非常清明的态度，是最好的态度。

受、想、行、识，其实都是空性的。从中我们可以思考一些问题。

清明——清楚自己的生前到死后

是故空中无色，无受想行识，无眼耳鼻舌身意，无色声香味触法，无眼界乃至无意识界。无无明，亦无无明尽。乃至无老死，亦无老死尽。无苦集灭道，无智亦无得。

一个人如果可以突破色、受、想、行、识五蕴，就不会被眼、耳、鼻、舌、身、意所扭转，不会被色、声、香、味、触、法所扭转。

完全不被扭转，就进入了不生不灭、不垢不净、不增不减的境界。也没有无明尽，也没有老死尽。而且无智也无得，没有个特别的东西叫做智慧，没有一个特别的东西叫做得到。都是空的。所有的一切，都是处在空的范围里。

进入了这样无心的、空性的范围里，扫除了思想、意识、行为、感受、形体、颜色……一切的障碍，便会发现，原来这里面的一切，都只是变幻无常的生灭罢了。

然而，最重要的是，在这变幻无常的生灭的内在，有某个东西是不被改变的，那就是自性。

女人早上起床，通常都要对镜梳妆一番，不知道有没有人会揽镜自问："镜子里的这个人是我自己吗？"

如果答案是肯定的，她又是如何知道镜中人是她自己呢？事实上，从出生到当下，二十年、三十年……她已经改变太多了！而且这种改变仍然继续着呢！

根据科学家的研究，人体全身的细胞每七年就会全部死亡、更新。也就是说，每隔七年，我们身上已经没有一个七年前的细胞了。

身心变化是如此之巨，人又凭何认定"这是我自己"呢？

有一次我回乡下，整理父亲的遗物。母亲拿出一些旧相片给我看，还叫我在一大群孩子里找找看自己是哪一个。我找不出来！家里有十八个兄弟姐妹，长得都很像，我真的认不出哪个是我。找了又找，终于找到了，欣然指出："这个是我。"母亲却说："不是，旁边那个才是你。"

改变太多，已然找不回自己了！

不信可以试试看。拿一张你小时候的照片给别人看，没有人能看出这张相片跟你的关系，除非是认识你的人，除非是看着你长大的人。

因为，历经成长，我们已经有了很大的变化。

那么，我们凭什么知道自己是存在的？凭什么知道每天早上镜子里映出的人是我们自己呢？

凭的是一个始终不生不灭、不增不减的东西。

遗憾的是，人们往往知道它的存在，却不清楚它。

它就是自性。它隐藏在我们内部，我们感受得到它，知道它，它就是我们自己。

即使我胖了十公斤或瘦了十公斤，也还知道这是我。世界上大概没有谁减肥成功之后就"忘了我是谁"的。

从一岁到一百岁的过程里，我们都知道有个自己。我们的自性是不会改变或增减的。它不但没有增减，没有生灭，而且永远维持这样的状况。

再往前推，在我们生前，一定也有一个这样的自己；再往后推，在我们死后，也仍有这样的自己。

清楚自己的生前，正所谓“见到父母未生前的本来面目”，也就是见到尚未投生于这个世界的自己。

清楚自己的死后，也就是知道自己将来投生的地方，知道将来所生的自己，正可以“乘愿再来”。

洞烛了自己的生前到死后，就是彻悟了“不生不灭”。即使我们从这个世界消失的时候，我们的自性还是存在的。

追求无心的境界

以无所得故，菩提萨埵，依般若波罗蜜多故，心无挂碍。无挂碍故，无有恐怖，远离颠倒梦想，究竟涅槃。

每读《心经》这一段，都不禁赞叹这一段真好！

菩提萨埵就是菩萨——觉悟的有情众生。

觉悟的有情众生，依靠这种清净的到彼岸的智慧，就可以心里没有任何挂碍。没有挂碍，心里就没有恐怖，就不会产生颠倒跟梦想。

无挂碍故，无有恐怖。这其实是很容易理解的。对于一样东西没有挂碍，也就不会害怕。

好比女孩子逛百货公司，看到一个很喜欢的东西，身上的钱却不够。跑回家拿钱再来买的时候，发现这个东西已经被买走了，心里悔恨不已，恨自己当初为什么没带更多钱。所以有悔恨，因为心有挂碍。如果能免除挂碍，就没有害怕也没有恐惧。

我考大学连续考了三年。第一年落榜的时候很痛苦，第二年就没有那么痛苦了，因为心无挂碍故，无有恐怖。到了第三年，我考上最后一个志愿——世新电影科。回到家，我买了一串鞭炮从我家住的四楼挂下来点燃，我的兄弟姐妹也都为我欢喜，终于考上最后一个志愿了。

然而，在报纸上也可以看到有人考上了第二志愿而跳河自杀的消息。非第一志愿不读，心里就很是挂碍；因为挂碍，就产生恐怖，会颠倒梦想，最后走上死路。多么可惜！

所以，对事物的挂碍越少，就越远离恐怖颠倒。

如何才能挂碍少呢？就是有般若波罗蜜多——清净的心和清净的彼岸的智慧。假使你的智慧非常广大，你就不会为一些小事挂碍。遗失了一颗钻石，你不会挂碍，因为钻石与石头没什么两样。《四十二章经》里讲得好：“智者金石同一观。”有智慧的人，看钻石跟石头是一样的。

拥有钻石，你会担忧遗失，拥有石头就不必担忧。

我很喜欢捡石头，有时和孩子到乡下捡一堆石头回来，一起在庭院里冲洗。我问孩子：“你看这颗美不美?”他说不美，我就弃之一旁。他也拿起一颗石头问我：“这颗美不美?”我说不美，他也弃之一旁。碰到两人都说“这颗很美”的，就留下来。

在这个过程中，我们完全没有挂碍，不会舍不得丢掉一颗石头，也不会一定要保有一颗石头。

捡来的石头很多，朋友看了也喜欢，我就随朋友挑，随朋友拿。朋友是爱石的人，拿得很高兴。我也爱石头，但是送走石头的时候我没有挂碍，因为这些石头对我而言并不那么重要。

我也爱人生，但是我的人生并不挂碍，因为心里清净的缘故。

心里清净就可以没有挂碍，没有挂碍就可以没有恐惧；远离颠倒梦想，就可以睡得很好，很安稳。

无心于睡觉，就可以睡得很好；有心于睡觉，就会失眠。颠倒梦想来自于有心，有心就不清净。

念咒，不如先开发内在的智慧

三世诸佛依般若波罗蜜多故，得阿耨多罗三藐三菩提。故知般若波罗蜜多，是大神咒，是大明咒，是无上咒，是无等等咒。能除一切苦。真实不虚。故说般若波罗蜜多咒，即说咒曰；揭谛，揭谛，波罗揭谛，波罗僧偈谛，菩提萨婆诃。

三世诸佛，代表一切的佛，一切曾经存在这个世界，也包括现在存在这个世界，将来要成佛的佛。

依般若波罗蜜多故，是说三世诸佛也是依靠这种清净的到彼岸的智慧，得阿耨多罗三藐三菩提得到无上正等正觉，最高的、清净的觉悟，也就是得到涅槃的境界。

我们往生净土的情况，若依佛教的说法，是“此没而彼现”。我们投胎是很快的，并没有一个缓慢的过程。

莲花在佛教里是心的象征。一个人在此岸的莲花灭了，立刻又在彼岸生起，这两朵莲花实际上是同一朵。

彼岸就是此岸，没有分别。在我们这里的莲花有多柔软、芳香，在净土的莲花就有多柔软、芳香。因为“此没而彼现”，其间没有时间与空间的差别。

三世诸佛就是因为打破这种此岸、彼岸，时间、空间的区隔，而得到无上的正等正觉。

故知般若波罗蜜多是大神咒……能除一切苦，真实不虚。释迦牟尼佛又告诉我们，般若波罗蜜多，到彼岸的智慧，是最高的，最光明的，无上的，没有任何东西与之相等的。它可以解除我们一切的痛苦。不管我们念什么咒，都没有比开发到彼岸的智慧来得重要。

这彼岸的智慧，是最好的咒。如果我们要念咒，不如先开发自己内在的智慧。

我们常念“嗡嘛呢叭咪吽”，翻成白话就是“祈求内在的莲花开放”，这是多么好啊！所以，没有一种咒，比祈求你内在的莲花开放更好。

不管你现在是念什么咒，做什么早晚课，念什么经，首先要开发智慧——清净的、通向彼岸的智慧。

体验、体验，深入的体验

故说般若波罗蜜多咒，即说咒曰：揭谛，揭谛，波罗揭谛，波罗僧揭谛，菩提萨婆诃。

所以说，般若波罗蜜多的咒是：揭谛，揭谛……梵文揭谛的意思是体验。这一段咒的意思是：体验，去体验，深入地体验，更深入地体验。

菩提是智慧。萨婆诃是一种歌颂、赞美的词句。

最好的歌颂是什么？大概是万岁万万岁吧！

菩提万岁万岁万万岁！多么好啊！

体验是开发般若波罗蜜多唯一的秘方，没有其他的秘方。这是《心经》结尾很重要的论点：你一定要去体验。

体验什么呢？

体验你的人生，体验你曾遭逢的挫折，体验你的色受想行识，体验你的眼耳鼻舌身意，体验你的色声香味触法，体验你在这世间所遭遇的一切。

体验了以后，还是不够。继续去体验！更深入地体验这一切有何意义。

体验这一切的意义以后，更深入地去发现其中的价值并且用以开发智慧。

当你作了这样深刻的体验而深入了空性之后，你会高呼：菩提万岁！万岁！万万岁！

菩提有很多的意思，它表示觉悟、慈悲、智慧、光明的、无上的、广大的……这些智慧都叫做菩提，是很了不起的，令人不禁为之歌颂：万岁！万岁！万万岁！所以我们要跟随佛的足迹前进，走入菩提。

不以形相看佛教

非常简单地诠释了《心经》，希望透过这样的诠释，使大家了解：心，是非常重要的。

揭示“心的实相”的经典，比较简短的就是《心经》和《金刚经》。

关于心的实相，《金刚经》里所说的“凡所有相，皆属虚妄”，与《心经》相通，告诉我们不要着在生命、生活的“相”里面，因为一切的相都是虚妄的；甚至不要着在净土的“相”里面，因为净土的相也是虚妄的。此岸即彼岸，没有分别。

空海大师说过令我印象十分深刻的几句话。他说：“没有此岸，就没有彼岸。逃避今生，就没有来生。此岸就是彼岸。”

相同于《金刚经》所说：“一切有为法，如梦幻泡影，如露亦如电，应作如是观。”只要参悟了这个偈。般若波罗蜜多就清楚地在那里了。

《金刚经》里，还有一个很好的偈：“若以色见我，以音声求我，是人行邪道，不能见如来。”

意思是：如果你们要用形相来看我，用声音来祈求我，这是走上邪曲的道路，不能见到真实的我。因为真实的我，不是一种颜色，不是一种形相，不是一种形式主义，不是带给你们痛苦的来源。这如来指的是我们的本来、我们的佛性。

假使一个人学佛学到痛苦的地步，使自己陷入形式主义的状况中，这时就该好好儿地念《金刚经》，好好儿地念《心经》，并且了解其中的真义，当可破除对生命的执着，见到最根本的空性，也就是自性。

见到自性，这个世界就再没有任何东西可以束缚我们、压迫我们，可以使我们不自在。我们就进入了自由自在的境地。

永远留一丝有情在人间

不要害怕学佛，不要以为佛教难以理解，戒律又是多么可怕。

律宗重视戒律，讲“罗汉不三宿空桑”。罗汉不连续三天睡在同一棵桑树下，以免对桑树留情。若是遵照这种戒律，我们不是应该每天换一张床睡觉吗？以免对床留情。

又讲菩萨不能听到隔壁女人的环珮声，因为听到环珮叮当的声音，会联想到女人，就犯戒了。

类似这些戒律，会给想要学佛的人带来很大的恐惧与忧虑：如果我进入佛教的世界，是不是也必须守这些戒呢？会不会造成我和我的家庭的压力呢？

没关系，只要我们开发自性，了解般若波罗蜜多，就能自在、无所畏惧了！

女人的环珮声也很好听。

对一棵桑树留情也没什么不好。

《华严经》里讲：菩萨就是在人间永远留下一丝有情。

因为，如果不留下这一丝有情，将来就不会再来。

所以，不要害怕留下情，不要害怕我们所遭逢的人间的一切。要以清明的态度相待。

所谓清明的态度就是：觉悟，开发我们的自性。观照，保有般若波罗蜜多，走向彼岸的道路。

今生今世

莫忘今生

当我思考“今生今世”这个命题的时候，想到人不断地被时间、被生命所推动，就想到——今生今世不也就是这样吗？有的时候来不及思考一些问题，而时间已经过去了。大概也因此而有很多人安排“生命的规划”、“时间的企划”。荒谬的是，不论你构想得多么好，规划得多么完美，时间仍然丝毫不留情地一步步过去。

所以，不要忘了为你的现在做点什么。

学佛以来，经常有人向我诉苦：“为什么我学佛以前是很快乐的，学佛以后却感到很痛苦呢？到底原因何在？”

有一天我在敦化南路散步的时候，就遇到了一个这样的人，是一个年纪和我差不多的女士，她从我身后追赶上来，问我：“请问你是林清玄先生吗？”我说是。她说：“哎呀！我正想打电话去观音线求助，没想到就碰到你。”

我问她：“你有什么问题呢？”

她说："我觉得没有学佛以前很快乐，现在很痛苦。"

我又问她："你为什么痛苦?"

她说："我每天要做早晚课，各做一个小时。我的先生并不支持我做早晚课，他认为我花太多时间在这种没有意义的事情上面。我的小孩要听热门音乐，可是我们家里只有一套音响，我做早晚课的时候，他们就不能听音乐，常因此发生争执。我每天炒菜的时候都念着阿弥陀佛，有时不小心会烫到手……"

这位女士觉得很奇怪，为什么她学佛以后，生活反而变得痛苦不自在，跟家人也无法和谐相处。

我先问她几个问题。第一个问题是："你为什么要念阿弥陀佛?"她说："我要往生西方极乐世界。"

我又问："你为什么要做早晚课?"她说："因为我的业障很重，所以我必须做功课来忏悔我过去的业障。"

我说："那你有没有想过应该为现在做点什么?"

她呆住了。她想的只是要忏悔过去的业障，将来要往生西方极乐世界。

如果学佛的人想的只是过去和未来，那么，这一段时间——

你的今生今世——你要做什么？

莫忘今生！不要因为忏悔过去、期待未来而忘了最重要的今生今世。

在家与出家的不同

学佛分在家与出家，在家居士跟出家人是不同的，不论是修行的基本态度或修行的方法都不同。

第一个不同点：出家人是专业的修行人，在家人是业余的。

现在我是一个专业的作家，每天都要从事我应做的写作工作；如果不做，我就愧对自己。可是业余作家就不同了，他们可能三年才写一本书，也可能三十年才写一本书，一天只写一百字。他们多轻松啊！因为他们是业余的。

出家人是专业的，必须以修行为主，花很多时间念佛、拜佛，做一些与修行关系密切的功课。在家人就不行，因为我们是业余的，如果我们每天花八个小时来修行，最后的结果就是夫妻的感情破裂，小孩子不认爸爸妈妈，所有的亲戚朋友都对我们不以为然，因为我们把业余的身份变成专业的。业余并不见得不如专业，有些业余作家可能一辈子只写一本书，但是这本书写得很好；反观专业的作家每年写十本书，可能写了一辈子却写不出好东西。

第二个不同点是：在家人有在家人的生活，跟出家人是不一样的。

出家人住的是十分清静的寺庙，每天清晨三点半起床，开始早课、梵拜……我们在家人没有办法过这样的生活，我们晚上可能要工作，十一、二点才回家。万一我们认为出家人那样的日子才是对的，而且是不可更改的，就会产生巨大的冲突。

真正的修行很简单

我认为在家人应该以“生活”做为修行的基础，把修行落实在生活里，而不是以佛堂为修行的界线来划分两边——一边是在佛堂里面念佛、拜佛、忏悔、念经，这才是修行；另一边是走出佛堂之外，就不是修行。

其实，走出佛堂还是有很多东西可以修行：我们对待一个人的态度，对待一件事情的态度，我们如何思考，这些也是修行。

释迦牟尼佛说，修行最重要的三样东西是：身、口、意，却不说是念佛、拜佛、念经。从身、口、意来修行，可以使我们的修行与生活结合。修行人要时时注意自己的行为是不是一天比一天更清净更超越，往好的方向走；每天所说出的语言是不是都是好的语言、柔软的语言、对人有益的语言；每一次所生的意念是不是都是清净的、善良的意念。

真正的修行其实是非常简单的，只要做到将我们负面的身、口、意逐渐转成正面的。将易怒、暴力的行为转变成非常好、非常温柔的行为；将不动听的语言转变成细致、动听的语言；将不好的意念转变成慈悲、超越的意念。

透过这样的转化，我们可以不断地得到提升。

除了转化、提升之外，也要使身、口、意不执着于某些特别的事情，像生活、生命、甚至佛法，都是特别的事情，不要特别执着。

在《阿含经》中，有一个弟子问释迦牟尼佛："请问世尊，你的教法是不是可以用一句最简单的话来讲?”世尊说:“可以。”“那是什么话呢?”弟子又问。世尊说:“‘一切都不可执着’,这是我的一切教法中最重要的一句话。”接着又说:“如果一个人了解了这一句话,就相信了我一切教法;如果有一个人实践了这一句话,就实践了我一切教法。”

啊!一切都不可执着!释迦牟尼佛讲得多么好!

不要落进对法或对生活的执着。法未必比生活更尊贵。坐下来观想观世音菩萨,不会比喂你的小孩吃一碗饭更尊贵;同样的,喂小孩吃一碗饭,也不会比法更尊贵;二者是平等的。这样一想,就不会对法执着,执着便能得到破除。

生活里满是佛法

这个世界上并没有什么特定的东西叫做佛法,修观世音菩萨或念六字大明咒也并不代表佛法。因为佛说,如果你认为在生活之外还有佛法,你就是“头上安头”——提着头在找头。你如果不去注意你的生活,不能从你的身、口、意得到革新、创造与超越，那么你对佛法的一切追求都是虚妄的。

六祖慧能也说过："佛法在世间，不离世间觉，离世觅菩提，犹如求觅角。"如果我们要离开这个世界去另外找一个叫作菩提的东西，就好像要找一只有角的兔子一样，是不可能的。事实上，菩提就在生活里面，就在你怎么样喂你的小孩吃一碗饭，就在你怎么样炒菜不烫到手而把菜炒得很好吃，就在你走路的心情、走路的姿势、看东西的观点里面。并没有一个特定的东西叫做佛法，生活里满是佛法。

有的人听了这话也许会恐慌："那这样你不是否定了佛所说的八万四千法门的存在吗？"不是的。不是否定八万四千法门的存在，而是知道了八万四千法门都是方法，是帮助我们改革、创造、提升身、口、意的方法，而不是目标。就好比我每天念南无观世音菩萨，南无观世音菩萨不是一个目标，而是一个方法，可以帮助我的心得到提升或超越、创造。我每天拜佛，拜佛不是一个目标，而是一个方法，可以使我的心性柔软，进而开发我的智慧与慈悲心。

检验学佛的动机

一般人常把佛法放在“过去式”和“未来式”，很少有人把佛法放在“现在式”——放在生活的此刻。

在这种情形下，我们应该检验自己学佛的动机是什么？学佛的目标是什么？

很多佛教徒会说：我学佛的目标是要成佛。

成佛？释迦牟尼佛是经过三大阿僧祇劫才成佛的。我曾经演算过三大阿僧祇劫是几亿万年，每次背下来，到第二天又忘了，因为实在是太长了。像释迦牟尼佛这样有智慧、修行这样好，都要经过忒长的时间才能成佛，如果你的目标是成佛的话，实在是遥不可及。

也有人会说：我学佛的目标是希望可以消除从前的业障。

从前的业障是非常长远的，我们对从前的业障根本不了解、不知道，如何消除呢？而且又有什么方法确定从前的业障在修行后已经消除了呢？

踏实地站在此刻吧！

过去是看不见的，未来也不可知。有什么地方可以让我踏实地站着来修行佛法？只有现在，只有此刻！

珍惜此世但不执着于此世

修行净土宗的人告诉我，他们修行最重要的是要有厌离的心，厌离这个世界。

如果学佛法是为了对此生此世有厌离心，佛又何必花四十几年的时间传扬他的教法呢？这实在是一个很大的公案。此外，净土宗的祖师慧远大师、善导大师、莲池大师、藕益大师、印光大师等人，都至少留下一百多万字以上的著作；倘使他们讨厌这个世界，要离开这个世界，怎么会每天花时间写作，写了一百多万字呢？所以我想，如果将厌离心的说法加以修正，会较易于理解和接受，那就是要有珍惜的心，但是不执着于此世。

除了今生今世外，还有一个美好的他方。

问题是：我们不知道自己什么时候会死亡，也不知道自己死后会不会到西方极乐世界。

首先应该检验：西方极乐世界是否与此生有关系？或者它是独立存在于未来的时空？

净土宗的经典里说，一个人不可以少善根福德因缘而得生彼国。善根、福德、因缘，都跟今生今世有关系。离开今生，就没有什么善根福德因缘可言。经典里又说应该念佛念到一心不乱，才可以往生西方极乐世界。要念佛念到一心不乱，就是要从现在做起，以期念到一心不乱的境界。要想往生，希望别人助念，也是要在今生助念，而不是死了很久才得到别人的助念。

极乐世界的真相

其次是要认识极乐世界的真相。

极乐世界可以从三个角度来看：

第一，极乐世界是报土，是一个果报的国土，这是阿弥陀佛发了很大的愿力创造的一个非常具体、实有的报土。去了那里，伸手一摸真的可以摸到桌子；走在地上，真的是黄金铺地，空中真的飘扬着美妙的音乐。

第二，极乐世界是法土，而不仅是报土。如果极乐世界只是一个报土，那么阿弥陀佛的愿力未免被我们所局限了。极乐世界是一个法身的国土，法身是无量光无量寿的，从久远以前即存在，直到久远的未来都还存在，是贯穿一切时间的，也是遍满一切虚空的。所以，在任何时间、任何地点，只要我们体验佛法、认识佛法，都可能使我们的心像西方极乐世界一样。

第三，极乐世界是化土。佛有法、报、化三身，每一个曾经念过阿弥陀佛的佛的弟子，都有可能当下进入阿弥陀佛的化土。只要我们的心得到清净，进入清净的国土，那么我们此刻就住在阿弥陀佛的国土。

从这个观点来看，“此生此世”与“净土”是没有分别的，从此生到净土，并没有一段要走得脚软才走得到的路程。不要把西方极乐世界想成是一个非常遥不可及的、虚幻的地方，可能这里就是极乐世界，可能现在就在极乐世界。假使和一个烽火漫天、动荡流离的国家相比，我们现在就是住在西方极乐世界里。

有一次我带着我儿子去寺庙里听一位法师讲《阿弥陀经》，法师讲的内容很严肃，儿子听得都快要睡着了。他好不容易等到经讲完了，出得寺庙的第一句话就是问我：“爸爸，西方极乐世界里可不可以玩游戏？”我说：“我不知道，我没有去过西方极乐世界。”他说：“如果西方极乐世界不准人家玩游戏的话，我就不想去了。”

孩子的话令我颇有感触。对啊，我们可能把西方极乐世界想得太严肃、太遥远、太固定了。西方极乐世界可能是非常自由、非常广大、非常自在的。

学佛流于形式则成虚妄

现在回归到一个重要的观点：所有一切的法门都只是使我们通向内在革新与创造的方法，我们学佛的动机是为了不断地改革自己的内在世界，使自己走向圆满的道路。

如果一个学佛的人不知道把握这一辈子来做内在的改革，每天一定要和小孩子抢录放音机来做功课，就是把佛法变成了一种形式。

后来我对这位苦恼的女士说：“为什么不跟你的孩子一起听热门音乐呢？”她说：“听热门音乐有什么用呢？”

历史上很多祖师都是透过不同的方法开悟，有的打破杯子开悟，有的以石掷竹而开悟，有的踩到毒刺开悟，有的洗澡开悟。每一个人都可能在某一种特别的状况下开悟。

只要你的内在有这样的渴望——我要提升自己，要使自己变成一个有创造力的人，我要使我的内在得到完全的开发与圆满，你很可能在任何状况之下得到开悟。

也曾有过打铁的人开悟，那么家庭主妇炒菜为什么不会开悟呢？也许你就是第一个炒菜开悟的人呢！

类似的举例都在说明，佛法并没有离开我们，不论修行任何法门，一旦离开生活而去修行，所谓的佛法就会落入虚妄，造成生命的痛苦与不安。

我常劝人，如果学佛学得非常痛苦，请不要学佛，以免辱没了佛教。如果吃素吃得非常痛苦，请不要吃素，以免波及其他吃素的人。

我有一个亲戚虽然吃素，但是吃得时有怨言，只要感冒、拉肚子，必称都是吃素的关系，吃素食性太凉，所以害得他感冒，害得他拉肚子。后来我听他抱怨听得受不了，劝他：“拜托你不要吃素了，你吃素太痛苦了。”

假若一个法使你感到痛苦，你为什么不放下它呢？也许放下之后，反而会有一番新境界。

吃素吃得痛苦，就停止吃素。等你有了新的认识、新的体悟，再来吃素也不迟。

不要强迫自己陷入某种固定的形式，例如规定自己每天早晚功课一定要做一个小时，做到家破人亡在所不惜，这样就太可怕了。为什么不调整为做十分钟呢？如果你非常珍惜这十分钟，你的功课会做得很好，而且不影响家庭和谐，又能让家人认识到学佛的实际效益。

禅宗常讲，学佛最重要的是自由、自在。

一个人学佛学到不自由、不自在，那么佛对他而言可能只是形式主义的东西，他并没有真正从中获得广大的实益。

什么样的人可以自由自在？

什么样的人可以自由呢？

非常广大、非常谦卑、非常柔软、没有底限的人，可以得到自由。

对事物没有一定的要求，就是没有底限。

假设有人对我说："你这个杯子怎么摆在右边呢？应该摆在左边才对。"我会立刻把杯子移到左边，为了让别人快乐嘛！这个杯子放在哪里都没有关系，随时可以移动。

如果你事事都有底限，一定要在三年之内顿悟，一定要在三年之内成佛，三年时限到了你还没有顿悟就惨了，因为你自己设定的底限随时牵引着你，使你无法得到自由。

像我自己并不规定自己每天一定要做多久功课。我很忙的时候，就对佛、菩萨说："亲爱的佛菩萨啊，我现在只有五分钟的时间，我只能拜三拜，请接受我这最虔诚的三拜。"我不相信把散心做一小时的功课缩短为做得很好的半小时，这中间有什么差别。我认为没有任何差别。我忙碌时的三拜对我来说意义非常重要，时间长短不是问题，但也不能完全不做。

所有的形式，都是为了开发内在的自由，而非牺牲内在的自由以符合某些外在的形式。

这样想，便可以活得很自由。

什么样的人可以自在？

对自己的修行、生活态度有非常坚强的认识，不会因为外人的看法或外在的环境而改变的人，可以得到自在。

要得到自在，有一个方法，就是对自己的价值赋予最高的肯定，这种最高的肯定正是释迦牟尼佛所说的："一切众生皆有如来智慧德相，只因妄想执着不能证得。"

"我也是众生，也具有如来的智慧德相。"我们在内在对自己有着这样高的标准，在人群中便可以自在，独处时也可以自在。

我非常喜欢宗演禅师的两句话："在人群里要有独处的心，在独处时要有人群的怀抱。"不但要怀抱广大，还要能够在人群中清晰地检验自己的身、口、意，使自己内在得到提升，价值得到肯定，自在也随之而来。

学佛是为了得到自由与自在，而不是为了得到捆绑与痛苦。

※　　※　　※

每个学佛的人都可以定出自己的目标，也许是往生西方极乐世界，也许是成为菩萨，最高的目标是成佛。不论你的目标为何，要谨记的是：学佛是为了开发我们的智慧，是为了使我们有更广大的慈悲心，不论我们是要成佛，还是要做菩萨，还是要往生西方极乐世界，智慧与慈悲都是不可缺少的。

智慧与慈悲，就像是佛教的两个轮子、鸟的两只翅膀，缺一不可。不论你的目标是近是远，慈悲与智慧是不可放弃的。

慈悲与智慧，必须落实在今生今世开启。

不断开发智慧

如何得到最简单、最基本的智慧呢？

首先来认识智慧这两个字。

“智”字是知识的“知”下面有一个太阳的“日”。智慧是有如太阳一样照射的知识。

太阳的特色有四：第一，太阳自己发光，有观照的能力，所照的地方都得到清明。这种观照的能力，在佛教里叫做“妙观察智”。第二，太阳非常平等，不管你是穷人或是老人，是蟑螂或蚊子，太阳一概平等照耀。这种平等，在佛教里叫做“平等性智”。第三，凡是太阳照到的地方，就有活力与生机，东西就可以生长，这在佛教里叫做“成所作智”。第四，太阳非常广大，遍满整个世界，这叫做“大圆镜智”，因为太阳好像一个大圆镜般照耀整个世界。

“智”字既包含了代表太阳的“日”，也就含有以下四个意思：第一是观察的能力。要培养自己对事物能有革新的观照、新的观点、新的态度。第二是要有平等的态度。没有平等的态度，不可能得到真实的智慧。第三是保持活力与生机，不断地生长。智慧是不断生长的。第四是要以广大的态度面对所遭遇的一切，就会慢慢产生智慧。

※ ※ ※

“慧”字下面有“心”，“心”表示感受的能力。要对这个世界有感受的能力，而不是失去对这个世界的热情。

失去对这个世界的爱，失去对这个世界的珍惜，就不叫“慧”，因为这样没有心。

有心，所以有感受；有感受，但是不执着；这样就是“慧”。

有一次我在一家餐厅吃饭，发生了一件事。那天，有一桌年轻人，一共是八个人坐在一桌，讲话声音非常大，谈论的是当时最热门的话题波斯湾战争。他们讲得兴高采烈，笑声不断，令餐厅里的其他客人都为之侧目，不过也没有人去干涉他们。突然，有一位老先生站起来走了过去，很严肃地对这一桌年轻人说了一句话：“战争有那么好笑吗？”

所有人吃饭的动作都停下来了。这一群年轻人也呆住了，没想到会有此一问。这时候，老先生本来放在左边口袋的手突然伸出来，大家都看到他没有手掌，他的手只到手腕，腕部结了一个大疤。老先生说：“我这只手就是在战争中失去的。战争没有什么好笑的，凡是有战争，就会有人死亡，不管死的是美国人还是伊拉克人，这些死去的人都是某些人的儿子、丈夫、爸爸，也可能是某些人的女儿、妻子、妈妈。战争是非常悲惨的！”老先生说完，面无表情地转身走回座位。

那天大家吃得都有点食不下咽。想到老先生的话：“战争有那么好笑吗？”我生起了很大的惭愧心。想到自己前两天还和朋友热烈地讨论波斯湾战争，却没有用这个观点来看战争——有些人会在这场战争中丧生，那些人是人子、人夫、人父……这么一想，会对战争充满悲悯之情。

这就是改变我们原先的观点、重新以观察、平等的观点来看世界。于是我们的心会被触动，产生新的生机；我们的心会变广大，广大到不去分美国人、伊拉克人或以色列人，不论是哪一国人，只要有人死伤，都是同样悲惨的事。我们的智慧也因为透过一件事情而得到开启。

这八个年轻人也许得到了开启，也许没有。如果他们没有得到开启，他们所缺少的是什么东西？是感受的能力，是慧。因为没有慧，所以他们未能立刻感受到新的触发。

新的触发是非常重要的。当我们有足够的智慧面对这个世界的时候，我们的观点也可以随时调整。

换 个观点看事情，往往大有转机。

人生并非固定的状态，如果我们有智慧，不断地改革自己观察、感受的能力，我想，我们就可以“从此过着幸福快乐的日子”。因为我们保持着观察、平等、生机、广大的态度，没有什么难得倒我们，这就是智慧。

慈悲就是予乐拔苦

什么是慈悲？

很多师父告诉我们，慈悲就是“予乐拔苦”，给别人快乐，拔掉别人的痛苦。

我则换个角度来讲慈悲。

“慈”字上面是“兹”，“兹”翻译成白话就是“如是”；下面是“心”；“慈”就是“如是心”。

“如是心”是看到别人痛苦、快乐的时候，都有如是的心。能感受到他人的痛苦，希望对方能从痛苦中超拔出来；看到别人快乐，也希望人人像对方一样快乐。

“悲”字上面是“非”，下面是“心”，就是“非心”。非是改革，不断改革我们的心，使我们的心去接近那个“如是心”，使我们的心去接近那个可以感受众生的喜乐与苦恼的心，这个时候我们就会有真实的慈悲。

倘若不能改革或找到“如是心”，一个人的慈悲就不真实。

“如是心”也可说是我们的自性、佛性，是我们父母未生前的本来面目，这本来面目现在被障蔽了，所以需要不断的非心，不断的改革。

改革到什么状态呢？改革到佛的状态。

“佛”字左边是“人”，右边是“弗”。“不是人”就是佛。“不是人”，就是革除了人的一切负面的情绪，革除了人的一切贪、瞋、痴、慢、疑，这样的人叫做“佛”。也就是说，佛并不是特定的一个人，也没有特别的心，他跟我们一样是普通的人，有普通的心，是透过不断的觉悟改革而消除了一切负面的情绪，这样的人叫做“佛”。

有一次我演讲，讲的是弘一大师，一个听众问和我一起演讲的陈慧剑居士：“为什么弘一大师这样无情，抛妻弃子去修行？”陈居士回答：“不要苛责弘一大师，若非他这样修行，我们就没有弘一大师了。”我的观点不太一样，我很感恩弘一大师是结了婚、生了小孩以后才去出家修行的，很感恩释迦牟尼佛是结了婚、生了小孩以后才去出家修行的。佛教里有很多这样的例子，像难陀、莲池大师，也是结婚生子以后才出家的。有的还娶了好几个妻子，佛陀出家前就娶了三个妻子，弘一大师出家前娶了两个妻子，莲池大师也娶了两个妻子。

多么值得感恩啊！他们这样伟大的示现，让我们知道，即使是已经结了婚、生了小孩，还是有希望圆满成就的，无需灰心。任何人都可能在某一刻开始有很好的觉悟，进而修行得到成就。

有一部《老女人经》是佛对一个老女人所说的法，这个老女人听了佛的教法后觉悟并且得到证悟。这种例子很多，所以不要担心你现在是几岁，不要担心你已有几个孩子，只要你此刻开始觉悟，努力修行，就可能有成就。

慈悲是透过这一世心的改革，得到佛性。假使这一世无法完成，那么下一世再来。然而我们不知道自己有没有下一世，所以这一辈子只好尽一切努力；我们也不知道自己何时会离开这个世界，所以要永远保持向前走的姿势，不断地开发智慧与慈悲，直到最后一刻。

这就是回归今生今世。

回归今生今世

我在慈济功德会所办的一次演讲会上，见到八十六岁的老作家谢冰莹女士，她自己登五楼的楼梯。我跑过去说：“谢教授，我来扶你。”她说：“你不要扶我。你扶我，我就不会走了。”我站在那里非常感动，不知道自己八十六岁的时候能不能像她这样，不要人扶，向前走去。

舞蹈家玛莎·葛兰姆九十六岁时还率团来台表演，亲自出场谢幕，令人看了肃然起敬。我如果活到九十六岁的时候，不一定会有她这种勇气，从美国飞越大洋来演出，亲自谢幕，开记者会，谈论她的艺术。

玛莎·葛兰姆舞蹈团第一天表演结束后，文建会安排了一位摄影家到后台去看玛莎·葛兰姆这位可敬的女士，这位摄影家就是百岁高寿的郎静山。当他们两人在后台见面握手的时候，所有的人都站起来表示敬意。

听听这两个年岁加起来是一百九十六岁的老人的交谈：

玛莎·葛兰姆说，她希望将来还有机会率团来台湾演出。郎静山先生则说，希望继他的百岁摄影回顾展之后，明年再开一个展览。那一刻，看到他们对今生今世的态度是多么踏实，觉得真是了不起！

这三位长者有一个不为人知的特质，那就是他们都有虔诚的宗教信仰。谢冰莹和郎静山是虔诚的佛教徒，玛莎·葛兰姆则是虔诚的基督徒。从他们身上看来，宗教确实是对人生有益的。

倘若你不能从宗教得到实益，那不是宗教的问题，而是你自己有了问题。可能是你对人生、对宗教的态度出了问题。佛教徒常讲“不要落于两边”，“两边”就是“空”跟“有”。修行是“空”，“有”是只知生活、只知衣食住行而不知内在是可以不断改革、开发的。落于“空”或“有”的任何一边，都是问题。不要落于两边，唯有靠改革与创造。

放下与承担

有一个很好的方法可以提升生命的观点，就是在一开始学佛的时候就认识放下与承担的重要。

某些东西是早晚必须放下的，包括我们的生命以及现在所拥有的一切；某些东西是应该承担的，承担现在已有的责任。

我十分向往弘一大师和莲池大师的事迹，可是我不可能学习他们，可能是因为生命的特质有所不同吧！我读弘一法师的传记，看到弘一出家时，姨太太跑到他出家的寺庙绕寺啼哭，弘一都充耳不闻，结果这位叫做雪子的日籍夫人终究自行离开了。看到这一段，我感慨自己不如弘一，换了我，一定会去开门的。开门未必是重续前缘，开门未必是坏事，何必把门锁得那么紧呢？

大概唯其如此，才显出弘一与我们是不同的。我们没有弘一大师的高超，所以应该承担现在已有的责任。我的家人，我所居住的环境，我的台湾，我的世界，这些都是我的责任。

当我们对放下与承担有了很好的认识时，观点便随之提升了。别人向我要一件衣服或一个杯子的时候，我发现失去这个杯子、这件衣服对我是没有损伤的，就可以放下了。渐渐的，会有越来越多的东西可以放下。放下的越多，可以承担的也越多；并非全部放下以后，就完全不承担了。

看看弘一大师放下了什么？他放下了妻子、姨太太、儿子、家产、艺术，出家了，但是他承担了如来的家业，成为一个伟大的修行者，很感动人。如果他没有那么大的放下，就不会有那么大的承担。

没有足够大的放下，就不会有足够大的承担！

东西掉了，破了，碎了，没有关系。所有的东西都会掉，都会破，都会碎，只是正巧掉在你的手里，破在你的手里，碎在你的手里。所有的亲人都会死，只是正巧有人在你二十岁时死了，有人在你十岁时死了……

认识这种因缘法，放下与承担变得较为容易。

培养内在的创造力

不断地培养内在的创造力也是非常重要的。

佛最令人赞叹的就是惊人的创造力。读释迦牟尼佛所讲的经典，感觉自己若是跟佛比起来就像一只蚂蚁一样渺小。我是不太容易佩服别人的，因为我自认是满有创造力的，然而读了佛的经典以后，真的赞叹万分，自知不能达到佛的这般境界。

最近我在编一套书，编到观世音菩萨这一部分时，我把大藏经里面所有有关观世音菩萨的经典全部找出来，编成这一套叫作《悲·智·行·愿》的书中“悲”的部分——《观世音菩萨》，以后想要认识观世音菩萨的读者，只要买一本林清玄主编的《观世音菩萨》，就可以完整地阅读了。

刚开始着手工作的时候，我以为有关观世音菩萨的经典大概就是《普门品》、《大悲心陀罗尼》、《楞严经》、《耳根圆通法门》等五六部了不起了！可是陆续找到三十几部，也许还有。我想，佛实在了不起！能够透过各种不同的角度来介绍观世音菩萨。

这个工作本来预计三个月以内完成，现在已经着手半年了，越做越发现佛的智慧是多么高啊！佛的创造力真是源源不绝！

一个弟子对释迦牟尼佛说：“请世尊讲观世音菩萨吧！”释迦牟尼佛就讲一套观世音菩萨，另一个弟子来请他讲，他又讲一套。佛对不同的人讲不同的观世音菩萨，因为观世音菩萨根本就是说不尽的，而且佛是因不同的对象、不同的根器来讲，所以讲了这许多部观世音菩萨。他这种创造力是可敬可佩的。这种创造力的来源，就是生命的活力。

保持生命的活力

这种生命的活力不只是佛有。历史上所有的菩萨都是非常有活力的，读他们的经典，心情会为之震荡，会希望自己可以像他们，因为透过经典我们强烈感受到他们的高超与活力。

历史上所有伟大的祖师都非常有活力，没有一个死气沉沉，每一个都是抬头挺胸，对生命保持向前的姿势，永远不会对生命屈服，一直到死。

百丈禅师就是一例。他写下百丈丛林清规，是最早的一部丛林规则的经典，其中最了不起的两句是：“一日不作，一日不食。”不作，就会失去生命的活力，所以百丈禅师九十几岁了还是每天下田耕作。弟子看了心有不忍，偷偷把他的锄头藏起来，使他无法下田。结果百丈禅师绝食抗议了三天，饿得奄奄一息。弟子问他何苦，他说：“这是我自己规定的，一日不作，一日不食。我没有作，所以不食。”弟子无奈，只得赶快拿出锄头还他。

也有弟子因此而开悟的。

百丈禅师一直作到了九十六岁倒下去的那一刻。这就是生命的活力。

珍惜眼前这一刻

很多修行的人无法体验也无法实践“活在此时此刻”。原因是他们陷入过去与未来里，造成生活的昏乱。

过去与未来，是不可把捉的，此刻才是最重要的。过了这一刻，不知道是否还会有下一刻。依照无常的观点，这一刻过了，很可能没有下一刻。对无常要有非常深切、深入骨髓那样的体验，才可以活在此时此刻。

有一个元晓大师说：“尽一切的努力，都不能阻止一朵花的凋谢。”这句话帮助我们更深刻地体验无常。

我们的生命跟玫瑰花是一模一样的，尽一切的努力，也不能阻止生命不断的凋谢呀！

生命的凋谢很容易体验。近几年我就感觉身体不如以前。年轻的时候可以七天七夜不睡觉，还活着；现在三天三夜不睡觉就死定了。人的身体不断在凋谢，每天看自己，都比昨天老了一点，不知道自己会活到哪一刻，甚至不知道会不会有下一刻。因为不知道，所以要珍惜眼前的这一刻，要活在眼前的这一刻。

如何活在眼前的这一刻？

以禅宗的方法，就是“一心一境”——一个心，一个境界。

很多人做功课的时候念佛，走路也念佛，吃饭也念佛，甚至上厕所也念佛。我很想问他们：“这样念佛，你还知不知道吃饭是什么味道？知不知道喝茶是什么味道？”知道的人是境界高超的，寻常人就不行，因为这样做会造成一心好几境。

一面吃饭一面念佛，念到“食而不知其味”，是一心一境。可惜通常一面吃饭一面念佛的人，佛没有念好，饭也没有吃好，这就是一心产生两个境界，或者一个境界两个心。在佛堂里做功课，一面叩叩叩，一面担心饭烧焦了，这是一个境界两个心。

一心二境或一境二心，是永远无法活在此时此刻的。

吃饭的时候不是不可以念佛，而是只有融入生命的此刻，才可以融入念佛的此刻。

如果你吃饭却不能品尝饭的味道，又如何品尝得出净土的味道呢？净土那么广大，那么奥妙。你连饭的味道都不能品味了，如何品味净土呢？

如果你从不听音乐，到了净土你会听得懂音乐吗？

如果你从不去认识这个世界的花，到了满天花雨的净土，你如何欣赏天空飘的是什么花呢？

如果你对生命的清净没有深刻的体验，你如何知道你会不会去净土或是在不在净土呢？

这样一想，满头大汗。

此刻、此时的体验是非常重要的。

自宋朝以降，许多大德提倡修净土的人要兼修禅，修禅的人要兼修净土，禅净双修，是为了不偏离我们航行的轨道，不要厌离这个世间。禅宗是非常注重今生的，在禅宗的观点里根本没有“将来的时刻”，每一个时刻都是最重要的，每一个时刻联合起来，就是将来的时刻，而现在的每一个时刻就是过去时刻的累积。掌握了此刻的意义，从前的一切都变得有意义；要想“将来”有意义，也就是要掌握此刻的意义。

在我们讲一句话的时候，此刻已经溜走。

溜走在眼前的、在指缝里的、在发梢的、在吹过来的空气的风里的每一个时刻，你是不是都见到了？如果你可以见到，那么我可以肯定你坐下来念佛的时候，每一句佛号都是非常清楚、非常庄严的，跟净土是没有两样的。

要活在生命的此刻！

不管你是几岁，五岁还是八十岁，请珍惜你的此刻。因为此刻一过去了，就没有什么话可说了。

有一次我在一家咖啡厅遇到以前离开我的一个女朋友，我曾经对她非常怀恨，在经过许多年后不小心遇到了，我说："啊，一起喝一杯咖啡吧！"喝着咖啡，谈到以前分手的情形，她说："当初在我要离开你的时候，如果你跟我说一句'求求你不要离开我'，我就会留下来。"我说："你怎么不早说呢？现在说还有什么用？事情都过去快二十年了。"

当时没有讲，没有做，过了，就没有了。

生命就是这样。你好喜欢这个人，你要和他结善缘，但是你当时没有停下脚步，你们错身而过，这一辈子可能就永远错过了。

有一天我又遇到另一个从前的女朋友，她说：“哎呀，没想到你现在过得那么好，早知如此当初就嫁给你。”我说：“如果当初你嫁给我，我现在可能就不会这么好了。”确实如此，每一刻有每一刻的真实，每一刻有每一刻的实相，每一刻有每一刻的有跟空。这一刻就是空有具足的，这一刻就是善恶具足的，这一刻就是一切具足的。所以弘一大师死前留下的最后四个字是——“悲欣交集”。如果你能看到那非常真实的一刻，每一刻都是悲欣交集的。

令人遗憾的是，很多人学佛学到后来会痛苦、束缚、不自在，原因就是不能活在眼前的此刻，不能活在当下，不能看脚下。因为不能看脚下，所以活在未来跟过去。

和上一刻相比

惦记昨天丰盛的食物，对今天的饥饿没有帮助。现在吃得很饱，对下一刻的饥饿也没有帮助。每一刻有每一刻的状况，每一刻都是不同的。

有这样的体验，就不会执着于上一刻或下一刻。无所得，无所求，就不会执着于上一刻、下一刻。

我们学佛并非希望得到什么，只是希望做一个不断开发自我的人罢了。

常有人来找我比“功夫”，认为我很有名，应该修行得很好，问我：“请问你修到几果?”还很严肃地告诉我他已经修到三果了。我说我没修出什么果，只是每天吃一个苹果，营养、味道都不错，这就是无所得故。如果一心想着修得“几果”，人生就有负担，会有挂碍。

请不要在意你修得“几果”，要在意的是，你的此刻有没有比上一刻更有智慧，你此刻对空性的认识有没有比上一刻更好?你此刻有没有比上一刻更慈悲?你此刻有没有比上一刻更接近圆满一步?

这样向前迈进，总有一天会走进慈悲、智慧、圆满、自在的境地。

切莫一面修行一面想着自己修到什么程度了。每天都在想这个问题的话，哪里有时间修行？

好好地过每一刻，好好地过日子，好好地去生活。

如果你在念佛、拜佛，你的小孩哭叫着喊妈妈，请你暂停拜佛，先去拯救你的孩子，因为那一刻孩子很需要你，那一刻佛不一定需要你。佛什么都不要，佛跟菩萨是无所得、无所求的。

有一个笑话是说一个旅人在沙漠中旅行，走到半路又累又饿又渴的时候，他开始祈求菩萨来拯救他。走着走着，他看到地上有一个神灯，高兴极了，赶紧捡起神灯摩擦，果然出现一个巨人。巨人对他说："我是你的仆人，请问有什么吩咐？"旅人说："我现在很渴，给我一杯水。"巨人说："我这里没有水。""那你给我一件衣服吧，我很冷。"巨人说："我这里没有衣服。""那你给我一碗饭吧！""我这里没有饭。""给我一个西瓜吧！""我也没有西瓜。"最后旅人问："你到底可以给我什么？"巨人说："我可以给你佛法。"这个旅人当场昏倒在沙漠里。什么是佛法呢？当别人渴的时候，你给他一杯水，这是佛法。当别人饿的时候，你给他一碗饭，这是佛法。能够无求地不断地给予，就是最真实的佛法了。

最好的人生在今生今世

佛法并没有离开生活，也不会离开今生今世。

释迦牟尼佛的最初教化里面有四个重要的句子，叫做四加行：生命无常，人身难得，因果是真，轮回是苦。

特别应该记住的就是无常。

人生无常，所以要珍惜此刻。

其次要记住的就是人身难得。

今生今世就是最好的人生。此身不向今生度，要待何生度此身？这样一想，我们就会肯定我们的身体，肯定我们活在这个世界上，肯定我们的今生今世。

如果我们可以珍惜人身、人生，就可以珍惜净土，珍惜每一个众生。

若连今生今世都无法珍惜，一切的佛法就流于虚妄，没有落实的地方。

一天也是身、口、意的检验。一个月也是身、口、意的检验。一年也是身、口、意的检验。

今生今世不断地检验身、口、意，生生世世检验身、口、意，这是最根本也是最重要的修行。

与情欲拔河

七情六欲

在佛教里，“情欲”是非常重要的课题。所谓情欲，简单地讲就是七情六欲。

七情，是喜、怒、哀、乐、爱、恶、欲。喜是欢喜，怒是生气，哀是悲哀，乐是快乐，爱是喜爱，恶是厌恶，欲是欲求。

六欲，是色欲、行貌欲、威仪姿态欲、语言音声欲、细滑欲、人像欲。色欲是由男女之别而起的，女人看到男人，产生色欲；男人看到女人，也会有色欲。行貌欲是由美丑之别而起，因为个人外貌不同，有的人就有执着、有欲望。威仪姿态欲是看到一个人的姿态，走路的样子，笑的样子，而引起的欲望。语言音声欲是听到语言或声音而产生好恶。细滑欲是由皮肤的细腻光滑所引起的欲望。人像欲是由于人的像貌可爱或不可爱而引起的欲望。

归结起来，七情是情感、情爱的波动流转，六欲是渴求、向往、执着、染着。依原始佛教的观点，七情和六欲都是不好的东西，每一个修行的人都应该断除七情六欲，因为七情六欲是走向菩提道的障碍，断除之后才有可能解脱。

听起来很可怕，这样我们永远也无法解脱，因为要断除七情六欲太难了。

早期的原始佛教，对于情欲有非常严格的规定和限制，举两个例子便可见一斑。

第一个例子是经典中有一句话，“罗汉不三宿空桑”，修罗汉行者的人，不连续三天在同一棵桑树下睡觉、打坐，怕会对这一棵桑树产生感情。最好每天换一棵树，以免对树留情，以免在人间有任何的执着。对于桑树尚且怕会留情，何况是对人？戒律之严可想而知。

第二个例子，修行的人如果听到隔壁房间传来的女人环珮声，就犯戒了。虽然环珮声只是环珮声，但是听的人会想，这是“女人”的环珮声，这样就犯戒了。倘若想到是“年轻的女人”，又犯了一戒，不仅年轻而且是“美丽的女人”，犯戒更为严重了。所以修行人听到环珮声的感受，要像听到风铃一样，不能联想到这是“女人的”环珮声。

若依这样的戒律，我们天天都犯戒，天天睡在同一幢房子里。如果要断除七情六欲来修行，可说是难如上青天，必须有极大的决心和毅力才行，一般人是做不到的。

炼金的时候，不想猴子

该以何种态度对待情欲呢？有没有简单可行的方法，让一个在家修行的人能将情欲转化，而不使情欲妨碍修行？

有一个印度的故事，或许对这个问题有所启发。

从前在北印度靠近喜马拉雅山的地方，有一个非常贫穷的村落，村民对金钱都十分向往。有一天，远方走来一个老人，背上背着一口锅子和一根铁棍。老人随意找了一块空地，铺起一块布，便睡觉了。这个偏远的小地方鲜少有外人出现，所以村人都对老人很好奇，注意着他的举动。

老人小憩之后，起身架起锅子，生了火，然后拿起铁棍在锅里一直搅，一直搅，搅个不停，渐渐吸引了许多村人围观。有人问他："老先生啊，请问你在搅什么？"老人说："我在炼金子啊！"村人纷纷问："怎样炼金子啊？"老人说："你们看着就知道了。”说完他继续搅，一直搅，搅着搅着就搅出一块金子。村子里起了一阵骚乱，人人奔走相告。

晚上，老人睡了，但是村人都没有睡，一直在讨论这件大事。讨论的结果是，必须在老人离开前向他学会炼金术，村人便可致富。于是大家决定集全村人的钱，去交换老人的炼金术，并且推派了一位长者做代表，第二天去见老人。

第二天一早，老人又在那里炼金，只见他拿着铁棍搅啊搅的，就搅出了金块，村人真是羡慕死了。长老便和老人情商传授炼金术。老人说：“不行，这是很难学的。”村人都说：“没关系，我们愿意学，也愿意把钱都给你，请你教我们吧！”

老人终于答应了。他收了钱，就把锅子和铁棍交给长老，对长老说：“炼金很容易，只要拿这根铁棍在锅里一直搅、一直搅，就会有金子出现。只有一件事要特别注意，就是在搅动的时候，不能想到猴子；假使想到猴子，就炼不成金了。”

长老说：“太容易了！”坐下来开始炼金。但不知怎么回事，就是边搅边想到猴子。搅了许久都不成功，最后绝望地放弃了，换第二个人来搅。长老将老人的话传述给第二个人：“只要一直搅，就会有金子。但是，不能想到猴子……”结果，第二个人也是边搅边想到猴子。

全村的人轮流炼金，却没有一个人炼成，因为没有一个人做得到在搅动时不想到猴子。

这个故事非常有启发性——念头是难以控制的。只有能够完全控制念头的人，才可以炼出金子。

与情欲拔河就像炼金那么艰难。要成佛，要解脱，就不能想到情欲，一定要不断地提炼，最后才会炼成金。

与情欲拔河，就是在情欲里挣扎，试图与情欲比赛，就像炼金人要努力抑制自己的念头，与意念相对抗。

情流欲河，永劫沉沦

情欲是生死的根本，超越情欲，就是超越生死。佛教里常讲解脱，解脱就是超越生死。可见超越情欲，便能带来解脱。

情欲就像一条河。

河流有哪些面貌与特质？

第一，河流永远不停地向前流去。

第二，河流会因环境而变动不定；河床忽然陷落，就形成瀑布；河道忽然狭窄，就变成急流；河道忽然变宽，流速就变得缓慢。河流是会随环境改变的。

第三，河流会使人沉溺。除非很会游泳的人，否则都会沉溺；即使很会游泳，也不能一直在河里游。

第四，河流有浸染的力量，会慢慢浸染、腐蚀东西。

第五，河流不可能永远保持干净，从上游到下游到出海，一直会有东西流入河里。

河流的五种面貌同样出现在情欲的河流上：

第一，河流永远不停地向前流，情欲也不可能常驻；纵有再大的力量，也抓不住感情或欲望。

第二，情欲会随环境而变动。虽然人都希望情感或欲望中有些永远不变的东西，事实上却是不可能的。人的感情，今天不可能和昨天一样；昨天爱一个人爱得要死，今天也许就没有昨天那么爱。不要说今天、昨天的爱会有差别，对人、对事、对物，每一个小时爱的程度都不同；不要说每一个小时，即使每一秒钟爱的程度都不同，有时增加，有时减少。增或减，都是一种变动；有的情欲会逝去，有的情欲会来临。

第三，情欲会使人沉溺而难以跃升。没有很好的船、很好的游泳技术，一定会沉入河里。所以修行人需要船，需要锻炼很好的泳技，来渡过情欲的大河。

第四，情欲有浸染的力量，就像河水可以浸染石头的最深处，情欲可以浸染人的最深处。

我很喜欢捡石头，有时候在河边捡石头，把石头敲碎，会发现石头的心都是湿的，从里湿到外，可见水的浸染力量多大。情欲也具有这种浸染的力量，可以浸染人心最深处。

第五，活在这个世界上，免不了会有一些人间的对应；情欲的河，也就不停地有外物介入。

情欲像一条河的比喻，典出《华严经》，经里说："随生死流，入大爱河。"我们随生死的流转，不断地进入爱河。

现在一般人往往以为入大爱河是很好的事，殊不知入大爱河是生死的根本。庆贺别人结婚，常以"永浴爱河"四字相赠，这四字翻译成白话就是：永远沉溺，永远在生死之间挣扎，生生世世束缚，纠缠不清。

记得有一年，一个朋友结婚，我送了一个蛋糕，蛋糕上写的贺语正是“永浴爱河”。切蛋糕时，这个朋友第一刀切下去就切掉了“永”，只剩下“浴爱河”；第二刀切下去又切掉了“爱”，只剩下触目惊心的“浴河”二字——永远沉沦在河里。多可怕啊！

知道了“永浴爱河”的意思以后，朋友结婚时可不要祝福他“永浴爱河”了。永远沉溺在生死之流中无法超越，并不值得祝贺。

情欲与生死

情欲不但具有河流的五种面貌，也是人生的本质。

人生而有情欲。一个两个月大的婴儿，也会认妈妈，喜欢妈妈抱，不让陌生人抱，这种爱恶是与生俱来的。

人也是因情欲而生。一个完全没有情欲的人，不会投生到欲界来。

《圆觉经》里有一段经文：“当知轮回，爱为根本，由有诸欲，助发爱性，是故能令生死相续。欲因爱生，命因欲有。众生爱命，还依欲本。爱欲为因，爱命为果。”翻译成白话就是：一个人的生命会轮回，是因为有爱作根本。有爱，是因为种种欲望没有清净。有爱，所以舍不得离开。舍不得离开，所以再来投胎转世，与因缘相会。

一个舍不得离开妻子的人，舍不得离开孩子的人，死后可能再投胎来做他们的儿女、孙子，因为爱他们，希望能再与他们续缘。续缘，也就是生死相续。

欲、爱、命，都是纠结在一起的。众生因为爱惜自己的命，而产生了欲望；有了欲望，又产生了爱；有了爱，又产生了命。这样永远在轮回里相续，永远得不到解脱。

一个完全没有情欲的人，就不会回到这个世界。

情欲就是可怕的吗？也不尽然。即使是菩萨也有情。《华严经》里说，菩萨因为留有一丝有情在人间，所以不断地回到人间。这是非常美的境界。

情，爱，本身并没有好坏。这是情欲的第一个本质。情欲的第二个本质是，不论是极恶的人或是圣贤，都有感情，凡是投生到这个世界的人都是差不多的。

《楞严经》里说："纯想即飞，纯情即沉。"一个完全没有情欲的人，依靠智慧和思想生存，死后就可以飞升到天界；如果他的智慧、思想中有菩提般若空性，就可以飞升到佛国。九分想（思想、智慧）、一分情（情欲）的人，死后是升到天界，成为天人。七分想、三分情的人，死后成为阿修罗或天龙八部。至于投生到人世的，都是情想均等，五分想、五分情的人。

什么样的人会投生到畜生道？七分情、三分想的人。猫狗也有智慧，也很聪明，但是不会比人聪明，它们没有控制情欲的智慧。像我家的狗，肚子饿了就会把饭盒打破，因为它的智慧只有三分，它是受情欲控制的。一个朋友养的猫会自己上马桶，用过还会冲水；一个朋友养的猴子吃过东西会用肥皂洗手；这只猫和这只猴子的智慧都很令人称奇，实际上，它们做的是人人都会的很简单的事。人们的赞叹只更凸显出它们智慧的有限。

什么样的人会沦入鬼道、下地狱呢？《楞严经》里说，纯情的人会下地狱，所以，不要太"纯情"。完全没有智慧控制情欲、完全依靠情欲生活的人，死后会下地狱。

一定要记住："纯想即飞，纯情即沉。"认识这一点，使我们知道凡是投生到这个世界来的人，都有五分的情欲、五分的思想，本质上差别不大，只是外表展现的相貌不同；有的人比较温柔，有的人比较暴力；有的人比较理性，有的人比较感性，但都是情想均等的。

我们生活的这个世界，因为情想均等，在佛教经典中叫作"欲界"。欲界的众生，具有散乱心、烦恼心、占有心。因为情想均等，所以有时智慧占上风，有时情欲占上风，这就是散乱。人也很容易烦恼，烦恼这个地球上很多人吃不饱、很多人遭受战乱。每天翻开报纸，上面全是烦恼，以前只有三大张，现在是六大张、八大张，因为烦恼越来越多。人还有占有心，这个是我的，那个是我的。人人都要划地盘、炒股票、签六和彩、玩大家乐……东西占得越多越好。

这"三心"是欲界众生的特质，都是由情想均等而来的。不必羡慕别人，因为你所羡慕的人也和你一样，是情想均等而投生到这个世界来，假使他是特别有智慧的，老早就离开这个世界了。

情想均等的必然结果是，世界上没有圆满的情欲，没有圆满的感情，没有圆满的夫妻。

我们生活的这个世界就是娑婆世界，“娑婆”在佛经里是“堪忍”的意思。娑婆世界，是还可以忍耐的世界，有缺憾的世界，不圆满的世界。

我们对人事常有诸多不满。走在路上看到别人，往往会觉得别人好像比自己幸福、比自己聪明、比自己有钱……一比之下，会发现自己有很多缺点，别人有很多优点；或发现自己有很多优点，别人有很多缺点。

其实，毋需太失意或太得意，大凡投生到这个世界来的人都是差不多的。认识这一点，就会比较快乐。

人生不能完全圆满、快乐，人人都是一样的；有钱人会痛苦，穷人也会痛苦；有智慧的人会痛苦，没有智慧的人也会痛苦。痛苦是一样的，只是面貌不同而已。

有一天，我和我太太到一个朋友家做客，饭后大家坐着喝茶，做主人的这对夫妻忽然吵起架来，越吵越大声，男主人拿起烟灰缸打太太，把太太的头都打破了；女主人立刻还以颜色，搬起电视砸过去，打得先生哀哀叫。我和我太太坐在沙发上吓得目瞪口呆，我们从没遇过这种状况，太可怕了！女主人还警告先生说："你晚上不要睡觉！只要你敢睡，我就把你的头剁掉！"男主人也不甘示弱："好！看谁睡，就剁谁！"两夫妻吵个不休。我和我太太合力把女主人拉开，劝她到我们家去住一天，冷静一下再回来。

到了我们家，她不停地抱怨她先生自私、暴力、残忍……骂了三四个钟头，我们都很同情她，极力地安慰。

第二天一早，我们发现这个朋友不见了，急得到处打电话，所有认识的人都说没有她的消息，除了她家，全都问遍了。我很紧张，别人的太太被我们带回家弄丢了，事情很严重。最后只好打电话到她家，她先生说她天还没亮就回家了。原来他们每隔三五天就上演一次铁公鸡，不打不过瘾，打完更恩爱，家里东西都是不锈钢的。对他们而言，打破头的痛苦不会比冷战更苦，但是我们外行人却不能理解。

情欲是苦的根本

情欲是苦的根本。因为有情、有欲，就有执着。

《阿含经》里有一个故事：释迦牟尼和弟子在恒河边散步的时候，问弟子说："你们认为这四大海的水多，还是过去我们和亲爱的人离别所流的眼泪多？"弟子都说是眼泪多。他很高兴，因为弟子说对了。

我们因为父母死亡、儿女死亡、亲属死亡、所爱的人离开，生离死别、含悲忍痛所流的泪，收集起来，比四大海的海水还多。

有情欲就有悲痛，有苦，有泪，这就是苦的根本。

苦的根本由执着而来，执着于情欲，就产生了苦。

假若你的朋友被女朋友或男朋友抛弃了，你不会觉得苦；可是当你自己被女朋友或男朋友抛弃时，你会觉得很苦，因为你觉得对方是"你的"。但是事实不是如此，对方又不是你生的，凭什么说是你的？他的身体、思想、念头都是他的，不是你的。只要你想清楚他不是你的，就不会痛苦。会痛苦，是因为执着地认为对方是属于你的。

为什么我们离开这个世界会痛苦？是因为舍不得这个身体。如果对这个身体不执着，就不会有痛苦。

很多年轻人为失恋所苦，跑来找我，其中有的想以自杀的方式使对方痛苦一辈子。我告诉他们，自杀是自己痛苦，对方并不会痛苦。如果对方是一个很善良的人，痛苦半年就很了不起了。普通人大概痛苦一个月或半个月，或送上一束白花。万一对方早想摆脱你，你自杀，他可能心里放鞭炮，暗自庆幸不已。

一个人的苦乐，可由自己主宰。别人的苦乐，却非我们能控制。我们会痛苦，是因为我们认为可以主宰别人的苦乐。事实上，自杀只有自己痛苦，别人不会痛苦。观诸那些女朋友、男朋友自杀的人，后来都结了婚，活得好好的。

情欲因为有痛苦的本质，所以永远不可能圆满。痛苦由执着而来。执着不只我们凡夫有，修行很好的人也会有。《阿含经》里有一个很有趣的故事，说的是释迦牟尼佛得道后有很多弟子跟随他，这些弟子执着未断，出家人没有什么好玩的，有的弟子就收集讨饭的钵，有金的、银的、玉的……一天换一个用。释迦牟尼佛就告诫他们要解脱这些执着。如果连一个钵都放不下，哪里可以解脱？

类似这种问题很多。学佛的人，有的很喜欢收集佛像，家里有一百多尊佛像；有的人收集一大堆念珠，却不念佛。这种执着是每个人都有的。

解决之道有很多。小乘行者是借断除情欲的方法得到解脱，因为解脱和情欲是对立的。对大乘行者而言，却不是这样，大乘行者讲“烦恼即菩提”——烦恼就是菩提，不断除一切情欲而证得一切般若，不断除烦恼而证得涅槃。用白话来讲，就是透过胸怀的开展来化解情欲的执着，用智慧的空性来“包容”一切的烦恼，而不是“断除”烦恼。

情欲的转化

大乘佛法不断烦恼，不断情欲，而是转化情欲。也就是以般若智慧来转化贪瞋痴。

菩萨常讲八个字：同体大悲，无缘大慈，正是情欲转化的写照，告诉我们不要断除跟父母的情爱，而是把人人当作父母，这与断除对父母的爱是不同的。

我们可以爱父母，但是要爱所有的人，像爱自己父母一样；疼爱自己的孩子，也要疼天下的孩子。用这种方法来转化烦恼与情欲，这就是同体大悲，无缘大慈。

当一个人把慈悲跟智慧扩大、转化以后，情欲也就随之转化。

很多人修行密宗，密宗有一个最大的护法叫做麻哈噶啦大黑天，他在修行以前是一个脾气非常暴躁、凶狠的人，观世音菩萨为了渡化他，化身做他的妻子以转化他。经过转化以后，他还是一样地愤怒，一样地凶，可是他变成佛教的很伟大的护法。据说他出现的时候，天上会下着一颗颗石头大的冰雹，所有邪魔外道看到他都赶快逃走，听到他的名字或声音，立刻丧胆。这是多么伟大的教化！

以古中国或古印度为例，修行人都有非常鲜明的风格。就像非常慈悲的人，成为观世音菩萨；非常有智慧的人，成为文殊师利菩萨。这是不断除人格本质所造成的。

转化人格，而不是断除人格，所以历史上的禅师都是活生生的，有个别的风格，有的温柔，有的婆婆妈妈，有的棒喝。在禅宗的经典里甚至看到把弟子手指砍断的、踢下悬崖的、夹断腿的故事，这些禅师都有伟大的风格，因为他们转化了自己的人格、情感，却也保有自己的特性。

假使完全斩断自己原有的风格而得到解脱，那将变成每个人都一样了。

保有原有的风格，转化它，清净它，得到解脱。

孝顺父母的人，舍不得自己的父母，能不能也舍不得天下的父母？爱孩子的人，舍不得孩子，能不能也舍不得天下的孩子？舍不得丈夫、妻子，能不能对别人的丈夫、妻子一样爱惜？这就是情欲的转化，慈悲与智慧的扩大。

像黄檗禅师离开寡母，内心纵有不舍，但是他想到众生，众生都有父母，不唯自己的母亲要解救。这种心胸，就是大乘的心胸，不忘记天下人的母亲。

另一个在开悟、解脱之后也不失去有情生活的例子，是释迦牟尼。释迦牟尼成佛后，多次回到他的国家去度化他的爸爸，到天上度化他的妈妈，也去度化弟弟、太太、儿子，所以后来一家人都跟着他出家了。他并没有断除有情的心胸，不但度化自己的家人，对于其他众生也同等看待，同样度化。

释迦牟尼成佛后，家人都跟着他出家了，只剩下弟弟难陀，难陀是唯一留下来继承王位的人，所以净饭王很担心难陀会跟着出家，把他管得非常紧，要他整天待在宫里。难陀的妻子更严格，每次难陀出宫前都用口红在他额上点一点，规定他在口红干之前要回来。难陀的妻子长得极美，难陀很疼惜她，为了不使妻子担心，他每次进出皇宫都非常匆忙。

一天，释迦牟尼佛知道难陀的因缘到了，便到皇宫外面托钵。难陀要拿饭菜出去，妻子不答应，两人吵了一架，最后还是老法子，妻子用口红在难陀额上点一点，规定他立刻回来，而且不准和释迦牟尼佛讲话。

难陀果然没有讲话，但是释迦牟尼佛叫难陀跟他走，难陀就跟他走了。走了几步，把额上的口红擦掉，出家了。难陀出家后，非常想念妻子。释迦牟尼佛问他为什么那么想念妻子，他回答：“因为我的妻子实在太美了，没人比得上。”释迦牟尼佛听了，带难陀到东海去玩，看到了一个女人的尸体。这女人长得比难陀的妻子还要美丽，脸上有一只虫在爬。释迦牟尼佛对难陀说："你看到没有？这女人多么漂亮！她脸上的虫就是她自己变的，因为她觉得自己太美了，舍不得离开。美丽是不可恃的。"

经历这件事以后，难陀努力地修行，可是依然想念妻子。

释迦牟尼佛看难陀那么喜欢美女，又带难陀到天堂去。天堂里的美女个个都比难陀的妻子漂亮千百倍。难陀问："有这么多美女，怎么没有男的呢？"一个天女说："有啊，只不过他还没来，他叫难陀，现在跟他哥哥在印度修行，我们五百个天女都属于他。"难陀听了，马上拉着释迦牟尼佛回去，开始很努力地修行，企盼死后往生天界。

释迦牟尼佛看难陀修行的因地不正，又带他到地狱去看地狱悲惨的情状。

地狱里到处都是火、冰、刀、剑等害人的东西。难陀走着走着，看到一个大油锅，两个鬼卒在旁边不断地烧火，锅里的油滚得很厉害，但是也不见有人来。难陀问："你们在等谁？"鬼卒说："我们在等一个叫难陀的人，他现在跟他哥哥在印度修行。他修行只为了上天享受美女，所以他上天五百世以后，会直接掉进这个油锅。"难陀听了大吃一惊，后来真正努力修行，证得阿罗汉果。

难陀的故事带给我们两个启示：

第一，不要为情欲而修行，不要有所求而修行。

第二，不论天堂、净土、地狱或人间，虽然感觉上是不同的空间，但是这些空间都是同时在进行的。如果一个人的心一直维持在地狱，死后就到地狱；心一直维持在天界，死后就到天界。所以，在面对情欲时，要常警惕自己：现在我所做的，是在几个空间同时进行的。

菩萨就是同时在几个空间里都保持同样的态度，度化有缘的人，也度化无缘的人。

感恩与学习

情欲的本质，是对人没有伤害的，但是有了染着，对人就有伤害。

用广大的心胸与高远的智慧来对付情欲，试图超越它，使它没有染着，而非采取与情欲对立的态度，这才是修行人应有的态度。

一个修行的人，要接纳生活里一切好的东西，承担一切坏的东西，使生命里的有情跟无情、顺境跟逆境，都成为菩提与智慧的泉源。

“永浴爱河”，对菩萨来讲，根本没有河的存在，因为他让河水随着因缘往前流去，并且保持清明的心性，以好的观照来看待人间的情欲。这种好的观照，就是永远保持一种感恩与学习的态度。

我们活在这个世界上，会遇到很多的众生，会遇到很多的因缘，这些众生跟因缘，可能是不好的，例如婚姻失败、恋爱失败、兄弟姐妹不和……就是因为这些因缘是坏的。

要抱着感恩与学习的态度，转化坏的因缘。看到坏的，自己知道警惕，不使自己变坏，就是好的学习。因为有好的学习，而有感恩的态度。

对自己的家人、自己的孩子，也是要有这种感恩与学习的态度。

有一天我的手烫伤了，不能写字，我的孩子就端了一杯水来，也不知道哪里学来的，念念有词一番，说："已经加持过了，把这杯水喝了，手就会好了。"

我还没喝这杯水，手早已好了一半。我非常感恩，孩子看我手受伤，他很难过。我喝了水，果然感觉好多了。这就是感恩的态度。

投生到这世界来的，都是宇宙的老人，每个都是你的前辈，没有一个比不上你，包括你的孩子。对孩子来讲，学佛很轻松，没有负担，对我们大人来讲，却是负担很重，因为我们失去了天真以及对人世的感恩与学习的态度。

有时候孩子的智慧比我们大得多。我的演讲为什么会出录音带，有一个因缘。

我常常演讲，没有空陪儿子。一天，儿子对我说："爸爸，你那么喜欢演讲，你去选总统好了。"我觉得很奇怪，演讲跟选总统有什么关系！儿子说："你看，总统演讲，所有人都听见了，他只要讲一次就够了。”

儿子叫我录好录音带，有人要我演讲，我只要把录音带送去就行了。我说：“不行，别人要看我的人。”他说：“还不简单！把你的照片放大，挂在讲台上，用录音机放录音带，放完叫人家把演讲费寄来给你，最好是寄汇票，因为邮局多，到处都可以领。”

我为小孩子的天真感到赞叹，他们对于不喜欢的事物很勇于表白，并且有自己的方式与看法。

我真的就把我的演讲录成录音带，寄到我没办法去演讲的地方。当然，听我的录音带是不必寄汇票的，完全免费。

回向使因缘清净

抱着感恩与学习的态度，比较不会有情欲的问题。我们的情欲通常来自和我们相关的人——太太、儿子、亲友、认识的人、同事，这些人使我们执着，使我们不能解脱。要谦卑一点，要感谢他们，便可以对治情欲。

还有一个对治情欲的方法，是把自己的功德、清净的力量回向给情欲纠缠的对象，这对象不一定是人，也或许是杯子、古董。有的人收集古董，死后不能往生，因为他舍不得他的古董，于是又投生到这个家庭，继承这些古董，然而他出生以后便会忘了这是他前生心爱的古董，后来就把古董卖了。人的情欲的对象不仅是人，也包括事件、因缘、物品，我们要以回向的态度，把我们的功德跟清净的力量回向给这个世界，回向给与我们有因缘或没因缘的人，这样确实可以对治情欲的纠缠。

有一阵子我家的蟑螂横行，我就念经、做功德，回向给这些蟑螂，希望它们死后投生到比较好的地方。

如果你每天都要和你讨厌的人碰面，不妨每天念一卷《金刚经》回向给他。久了就会发现，你们之间的关系改善了。

回向，可以使恶缘变成善缘，使纠缠的因缘变成清净的因缘。

回向也是转化情欲的一种方法。以感恩的态度学习，常常回向给跟我们有缘或无缘的人，会使我们在情欲上有比较好的超越。

随俗随缘，欢喜度日

黄檗禅师有一个故事：当他还是一个寺庙住持的首座弟子时，尚未登基的唐宣宗避战乱来到这个寺庙，在黄檗禅师的座下参禅。一天，宣宗看到黄檗禅师拜佛，问道："求道的人不应该执着于佛、法、僧，你为何还要礼拜呢?"黄檗禅师回答："我并没有执着于佛、法，更没有执着于僧，我只是随俗罢了。"

黄檗禅师礼拜，并没有特定的对象，只是一种内在的开发，只是随俗，无所求，没有染着、贪着、执着，是完全清净的。

我们面对人间的情欲，也是随俗、随缘。

爱自己的父母、妻子、儿女、朋友，并非有所求。爱父母，不是因为父母有钱，即使父母一贫如洗，也同样爱他们。爱妻子，不是因为妻子会煮饭、扫地、洗衣服，是因为有这个因缘。爱儿女，也是无所求，并不希望儿女长大奉养自己，只是随俗、随缘罢了。

有一天，我儿子对我说："爸爸，你老了的时候，我不想跟你住在一起，因为老人很麻烦，但是我会每个月寄钱给你。”我就说：“你明天就搬出去住好了，因为你太小，太麻烦了。不过，我也会寄钱给你的。”儿子很惭愧，说：“爸爸，对不起，你老了我还是和你住在一起。”

我们照顾儿女，不是要儿女奉养我们；交朋友，不是因为朋友能给我们好处；而是抱着“无所求”的态度。

没有我执的给予

学佛也一样。无所求的念佛才能得到清净，无所求的礼拜使身心柔软，无所求的持咒只希望咒力使众生都得到利益。只想到给出去，没有我执。

一个人可以布施的时候，就是没有我执的时候。

我拜访花莲的慈济功德会时，在慈济医院里看到有几百个义工每天到医院服务，我问这些义工，是什么力量促使他们来做义工，一个人说：“服务病人比做病人幸福。”

对！他们服务病人，因为他们健康，这是多么幸福啊！

我又问慈济功德会的发起人证严法师："你每天救济贫病的人，每天看到许多悲惨的事，会不会感觉很辛苦?"她说："喜欢爬山的人，虽然路途艰险，可是心里不以为苦。只有不喜欢爬山的人去爬山才会很苦。"

证严法师的话令我深刻的感动，一个人可以完全忘掉自己就不以为苦。证严法师身体很差，有严重的心脏病，每天吃药、打针，很辛苦，但是她不觉得痛苦，因为她想的都是别人。

我常劝失恋的人说："世界上失恋的人都和你同样地痛苦。多想想别人的痛苦，你的痛苦就少一分。"

凡事往好的方面想，并且多想想别人，破除自己的执着，就不会痛苦了。

如何破除执着，摆脱情欲的纠缠？无求！对众生不要有要求，对佛不要有要求。

无所求是对自己有好处。有的人烧香是为了供养佛、菩萨，我告诉他们："佛、菩萨不需要你烧香供养，因为他已经是佛了。你烧香是清净自心，是自己有好处。"对佛无所求，对众生也无所求，不要希望众生给我们什么。要知道，假使众生像我们所要求的那般完美，他早就往生净土了，不会在我们面前出现了。

普贤菩萨告诉我们，要随顺众生，就是随着众生的因缘来转化，而不要求众生。不给众生订功课，要给自己订功课，因为我们的功课就是众生的功课，我们就是众生。

我有一个朋友刚学佛，一天，他跑来找我，很激动地说："我们不能每天坐在屋里念佛，要出去解救众生才行!"我说："对，要解救众生。不过，要先解救这屋子里的两个众生。"他很奇怪的问："这屋里哪有众生?"我告诉他我和他就是众生。

当我们说到解救众生时，常常忘记自己也是众生，而觉得自己是在众生之上。其实我们也是众生，众生也是菩萨，我们只是在菩萨跟众生间的因缘转动。

随缘任运，不变至情

经典里有一句话："随缘不变，不变随缘。"随着因缘、情欲、世界转动，自己的心性并不变化，这就是随缘不变。

一个人的心性不变，保持宁静善良，所以可以很欣然地随缘。不必怕自己会变而不敢随缘，因为当一个人开发了自己清明的自性时，就会发现自性比因缘坚强得多，就不会被转动了。

一个开悟的人就会知道，时空的因缘很广大。要爱自己的父母，也要爱所有的众生像爱父母一样，事实上，所有跟我们有会面因缘的众生，从前都很可能做过我们的父母。众生从无始劫以来就是我们的父母。

有人在婚姻失败或恋爱失败时，会说："这都是因缘，命中注定！"事实上不是这样。如果把时空的观点扩大，就会发现，这世上有很多人跟我们有夫妻关系，这些因缘会在将来逐渐成熟，未必在这一世。这一世也有很多的因缘成熟，但是，是我们的选择使得因缘成熟，我们选择嫁了这个人，或娶了这个人，那么其他的因缘就要等到将来再成熟了。

人与人之间有因缘，但是选择和判断是很重要的。不要因为学佛而成为一个宿命的人。一切都有因果关系，也都有选择的余地。这就是自性比因缘大，隐藏在我们内在的世界比因缘大。

所以我们可以不被转，可以超越情欲。

禅宗里有一个故事：有一个修行人，修行了二十年，由一个老太太供养。老太太每天都叫一个年轻貌美的小姐送饭去。一天，老太太想试一试修行人修行得如何，就吩咐送饭的小姐坐在修行人的大腿上，问他有什么感觉。小姐回来告诉老太太，修行人说："枯木依寒岩，三冬无暖气。"就像枯干的树木靠在岩上，经过三年也没有一丝暖气。老太太听了很生气，认为二十年来的供养都白费了，把茅屋烧了，把修行人也赶走了。因为他修行成了一个无情的人，不是修行的正道。

超越情欲的方法，并非无情，而是至情。

至情是把情提升到最高境界，看待天下的父母为自己的父母，看待天下的子女为自己的子女。提高心性，扩大心性，可以包容一切烦恼、转化情欲。

要记住四个字：随缘任运。"随缘不变，任运不动。"这世上本来就有很多的人、事、物引人心动，很多的因缘与人相会，不需要逃避或断除这一切，也可以修行，随缘任运，在很自然的情况下，情欲会得到清净，得到解脱。

爱恨情仇

人间处处有爱恨

人人都有爱人、恨人的经验，也都了解什么是爱情，什么是仇恨。

如果你的经验较少，去看电视剧或买书来看，电视剧和小说的内容大抵不出爱与恨的范畴。

看电视或看小说，会看到许多奇奇怪怪的事。它们往往不是特例，而是人生的缩影。在电视或小说中发生的事，在现实人生里也可能发生，而且每天都在发生。

就像我前几天收到一位南部读者的信，她是个年轻的女孩，她信中自述的遭遇，其传奇与悲剧性，足以写成小说。

这位读者高中毕业后，从南部来到台北读大学，随后跟一个男同学相恋，最后在家人反对之下成婚。婚后三年过得很幸福。

女方的父亲是货运公司的司机。有一天，他从南部载货到台北，不慎在路上撞死了一个路人，这个路人就是他的女婿。

这么巧合的不幸，真是太不可思议了。

这个女孩一个人带着一个三个月大的孩子，无法在台北讨生活，只有回彰化娘家和父母同住。然而，每天要面对撞死自己丈夫的人，又是自己的父亲，内心既矛盾又痛苦。

而作父亲的每天面对女儿，虽然很歉疚却难以弥补。他根本没想到女婿会走在他驶经的路上，更没想到自己偏偏撞死了女婿。

这个女孩来信问我："这到底是什么样的因缘？"

我无法回答。怎么可能有这样的电影情节在现实生活中发生？偏偏就是有！

我还读过一个间谍故事，很有意思。

第一次世界大战初，有一个德国间谍卡尔平，到法国去做情报工作，被法国人逮捕，关了起来。法国方面还以卡尔平的名义供应假情报给德国，然后吸收德国的情报，同时又没收了按月由德国寄来的薪水。

三年后，卡尔平先生被释放了，法国政府也有一笔公款——卡尔平先生的薪水——不知如何处理，干脆用来买了一辆车，命名为"卡尔平"，纪念以此人名义作了许多情报工作。

一九一九年的某一天，这辆汽车在法国街上撞死了一个人，而这个倒霉的人正是卡尔平先生，他大概是全世界最倒霉的间谍了。

我看这本书时，真是吓坏了，这世上怎能有这许多的巧合？

偏偏真的就有！尤其是关于爱情，关于仇恨。

没有一个人——即使活到很老——能够告诉别人："我完全了解爱情（或仇恨）。"

因为，爱情与仇恨同样都是不能累积的。这一次你谈恋爱失败了，你会想："下一次，我会变得更有智慧，可以好好地再爱一场。"然后你可能又失败了。

恋爱永远无法给你智慧的累积。仇恨也是一样。那是因为每一次的爱恨，都有不同的面目。

要在爱恨情仇中开启智慧

一个学佛的人，要怎样解决爱、恨、情、仇的问题？

也就是，如何在爱、恨、情、仇之中开悟？如何在爱、恨、情、仇中开启智慧？如何拨开爱、恨、情、仇的人生外貌，看到它背后的东西？

佛经里有一个故事：

有一天，佛陀带着弟子走过一个地方，弟子看到一些婆罗门教徒围在一个死人的周围诵经，就问佛陀："像他们这样围绕着死者诵经，死者就能够转生到更好的地方吗？"

佛陀没有回答，只是反问弟子："如果把一块石头扔进井里，然后绕井念着：'石头，你浮起来吧！'石头可会浮起？"

所有的弟子都说："这块石头绝对不会浮起。"

佛陀又问："为什么？"

弟子答说："因为石头在本质上就是一种浮不起的东西。"

佛陀说："这和婆罗门教徒为死者诵经是同样的道理。一个人本身的行为，可以决定他死后的命运，别人是无法加以改变的。"

读了这个故事，我悚然一惊：一个人死后要靠别人来改变他的命运，机会是非常渺茫的，好比石头沉入井中不可能再浮起。如果现在不赶快启发自我，就将如同这块石头一般命运。

这个故事给我的启示是：

一、自觉是最重要的。他人所作的忏悔、回向、诵经虽然有很大的功德，还是有限。

二、佛教具有强烈的人间性。假使在这一生、这一世无法解脱，那么死后也很难以解脱。活的时候不能解决的问题，死了也不能解决。

三、人的行为可以决定人的未来，决定一个人的下一世、轮回转生。人的行为可以决定一切。

对行为与人生的反思

透过这个故事，看到了人的“行为”的重要。

人有爱、恨、情、仇等等人的欲念与行为，是很自然的。一个没有爱也没有恨的人，会被视为异端。由于爱与恨、情跟仇的推动，我们会展现种种行为。对于所爱的人，我们可以付出一切，甚至不计生命；但是对于所恨的人，就连对方想借一张纸，都不肯给他。

虽然，有爱、恨、情、仇，是非常自然的；但是，在夜晚灵智清明之际，还是该思考一些问题。

爱、恨、情、仇，是不是人的本质，人的本体？

一个人可不可能超越它，过着平静的日子？

身而为人，非得一辈子在爱、恨、情、仇之间打转吗？

能够这样想想，会有一些反省与新的想法。

一个人如果活到七十岁，他的一生有两万五千五百五十天，也就是六十一万三千二百小时，或三千六百七十九万两千分钟，换算成秒是二十二亿零七百五十二万秒。

这么多的时间，要用来做些什么事呢？

一个朋友有一个妙喻，他说，这两万五千多天的生命，好比是存在银行里的两万五千多块钱，只不过生命的银行规定一天只能领出一块钱花用。

一天只有一块钱，这一块钱的价值就显得珍贵了。领款人每天都会想一想，今天我要怎么花这一块钱？每天睡前也会想一想，今天这一块钱买了什么有意义的东西没有？如果没有，就表示这一块钱白花了，生命的银行里，又有一块钱白白浪费了。

生命的存款有限啊！检视我们的生活，一般人的一天不出“工作八小时，睡眠八小时，休闲八小时”的形态。

工作的八个小时是忙碌的，赚的钱却有限。为了赚这有限的钱，必须受尽折磨，因为除了工作之外，还有人事问题要处理，要与他人的心念相对抗。工作之中饱含佛陀所说的四大痛苦：爱别离——你喜欢的人，偏不是你的同事；怨憎会——你讨厌的人，偏和你聚在一起；所求不得——你每个月都想加薪而不成；烦恼炽盛——每天都为细微小事而烦恼痛苦。可以说一百个现代人之中，有九十人工作得并不愉快。

许多人都来向我诉说工作的困境，可见现代人的一大问题是，鲜有人能够在工作中体会生命的意义。尤其是像我这种已入中年的人，为了养家活口而工作，晚上回到家想一想会很感慨，为什么要过这种日子呢？

佛经里说了一个故事：

有一个家境富有的公子哥儿，每天都用黄金做的弹珠射鸟，时人都认为他何其愚笨！黄金是何等的珍贵，他却用来打鸟，而且打中了还算好，偏偏大部分的金弹珠打出去都落了空。

佛陀借这个“金丸打雀”的故事告诉我们，大部分的人都在用宝贵的生命去换取不能增长自己、毫无意义的东西。

多少人每天都像是金丸打雀一般，用宝贵的时间换取微薄的薪水，在工作中又毫无增长。这样，工作的八小时便是白白浪费了。

睡眠的八个小时呢?

大部分的睡眠时间是成为和白天类似的一个道场。白天清醒时受到压抑的情感，在睡梦中很激烈地展现。人在梦中真的会做出种种恐怖的事，却很少有启发智慧的梦，这八小时也是白过了。

至于休闲的八个小时，通常是男人应酬，女人看电视。我们辛苦工作赚来的钱大多就是投资于休闲；婚前，休闲时间用来约会、喝咖啡、打电话；婚后，休闲时间用来拌嘴、吵架，甚至打架，打完了夫妻上床各据一方形同陌路，这八小时又过了。

归纳起来，工作的八小时是在追求欲望；休闲的八小时是在满足欲望；睡眠的八小时是在欲望中完全迷失。

这样过日子，真是恐怖的事。纵然有二十二亿秒，也是很快就虚掷殆尽。

像这样过日子的人，是凡夫。“凡”字中有一颗心——中间的一点就像是一颗心，这一颗心是追求欲望的心。如果把这一颗心拿掉，即可进入空明的境界，窗明“几”净！

凡字中间所多出的一颗心，可以说是爱恨情仇的心，也可以说是使我们今日依然处此世间的心。

爱恨是可变易的

每个人都经历过爱情，爱情失败又生出仇恨。爱、恨、情、仇是交叉互生的；爱如果变成恨，情就变成仇。很难做到与爱人分手后还能是好朋友，因为无法原谅对方，因为从前的爱已成恨。

当失去的爱情变成了仇恨时，要将之化为空无是非常困难的，但是，经过努力，还是可以做到的。

在谈恋爱的时候，会爱到可以牺牲自己生命的程度，也可以做出种种傻事，像电影里那样在雨中痴痴地等，用小刀划破手指写情书（对方却以为你是用颜料写的）……甚至你爱的人要你从高楼跳下去以证明你的爱有多深，也有人真的会跳下去。年轻时的我，就是这种人。

有人失恋了就自杀，为什么？只为了证明自己的爱给对方看，或是证明自己的爱给自己看，而丧失了宝贵的生命。

年轻时候，我失恋了也想自杀，还认为这世界上没有动过自杀念头的人，一定是白痴。凡是有才华的人，都会想自杀。

多么有趣的事啊！人在失恋的痛苦中会想到结束自己的生命，觉得活在世上没有意义，全都是因为陷入了强烈的爱恨之中，无法自拔。如果一旦能够从中脱困而出，会很庆幸自己没有去死。

像这样，我们可以看得很清楚：所有的爱、恨、情、仇，都是有时间性以及空间性的，不可能涵盖一切时空。

例如你被一个邻居倒了会，对方逃到美国去了，追讨无门。过了三年的时间，又隔着遥远的空间，你已经不想去讨这笔债了。因为仇恨已然淡化了。

爱、恨、情、仇是可以变易的。要一辈子爱一个人或恨一个人，是不容易的，因为时间会改变我们的心性。

当年使得我要为她自杀的那个女子，多年后我坐在书桌前努力寻思，却怎么也想不起她的面目五官。那个时刻，我发现自己完全从中脱困而出了。

所以，要解决爱、恨、情、仇，最好的方法就是突破时间与空间的限制，站在一个比较高的位置来观照。

一个比较高的位置，一些新的智慧

有一种鱼叫做斗鱼，鱼店必须把两只斗鱼分缸饲养，以免它们自相残杀。至于单独饲养的一只斗鱼，如果在鱼缸前面放一面镜子，它也会一直向镜子攻击，至死方休。

起初我很奇怪：斗鱼有奇强无比的斗性，这个族群如何生存呢？研究之下发现，斗鱼有划地盘的习惯，地盘遭到侵犯就斗。如果是在河里或溪里，空间大，各有各的地盘，自然可以互不侵犯，和平共存。偏偏所有鱼店的鱼缸，都在斗鱼所划的范围里，所以养在鱼缸里的斗鱼要斗到你死我活。

把空间放大，就会发现斗争是没有意义的。

现代人特别喜欢争斗，因为空间狭窄，而每个人都想把势力范围划得很大。

突破空间和时间的限制，可以解决爱恨的问题，说来也许不容易理解。

有一次我从台北搭飞机去高雄，飞机起飞后，我看到地面上有一座山非常漂亮，开满了蓝色、绿色、红色的花朵，我很奇怪自己在台北住了那么久，怎么从没有看过这么美的山呢？我旁边靠窗坐的是一位打扮入时的小姐，我忙问她："小姐，请你帮我看看下面那座漂亮的山是什么山？"她朝下一看，白我一眼，说："那是垃圾山！"

垃圾山从地面上看，是非常可怕、肮脏的。可是从空中看，感受完全不同。为什么呢？因为有了很大的空间，并且保持了距离。

在生命里也是类似这样，我们会遭遇很多情爱跟仇恨的垃圾。我们之所以不能忍受，是因为我们就住在垃圾里面。假使把自己的位置提高一点，空间就可以随之放大了，而这些垃圾也就没有那么脏臭了，对我们的危害也不大了。

我在夜里写稿时，常听到一种像婴儿啼哭的声音，其实不是婴儿的哭声，是猫叫。

那种猫叫声音之恐怖，足以使人汗毛倒竖。猫为什么发出这么可怕的声音？原来是在谈恋爱！听声音倒像是要把对方撕裂吃掉似的。

听了猫谈恋爱的声音，我就很庆幸自己不是猫——可以用比较温柔的态度谈恋爱。

从前我养过一只猫。长大了，每天在屋子里叫春。它是只暹罗猫，系出名门，我当然不敢放它出去胡来，门窗关得紧紧的。有一天，它抓破纱窗逸去，五天以后历劫归来，全身满是伤疤，一只耳朵不见了，还跛了一足。

此情此景，我看得吓呆了，一边为它涂药，一边想，猫谈起恋爱真是惊天地泣鬼神。幸好我们谈恋爱不像猫那样全然感官的，那么动物性。

可是，我们可以从报上看到很多人谈恋爱跟猫很像，一定要弄得自己受伤或是两败俱伤。

这使我认识到：当我们转换一个观点来看同一件事，会产生新的智慧。

把空间放大，再来看我们所遭遇的困难、挫折、爱情、仇恨，就会发现："啊，原来它的影响力并不是那么巨大。"也会意识到："原来我先前被情爱（或被仇恨）困住的时候，是多么愚蠢！"

看清因缘的实相

回到佛教的观点来谈，佛教的修行方法，最基本的就是改变时间跟空间的观念，来对应现实的人间。

如果把时间放长，我们会发现时间是没有断灭的，它在我们出生以前即已存在，在我们死后继续存在，因而发展出"过去 现在 未来"三世的观念。

如果把空间放大，更能了解轮回与因果的观念。我们现在的爱恋，就是前世未了的情缘；我们现在的仇恨，就是前世所欠下的债务。而所谓业障，就是我们从前欠这个世界的债，现在要慢慢地还。

佛教说的“无明”，是指莫名其妙来自黑暗的力量。如果将时间、空间放大，就会知道它所从何来。这些债务与黑暗的力量，正是来自无穷的前世以及无限大的空间。

我们并不彻底知道从前欠下什么，所以当我们被践踏、被侮辱、被遗弃时，如果能想到，也许从前我们也曾践踏、侮辱、遗弃别人，或能较没有怨恨的心。

从中延展出两个观点：

一、爱恨不会没有来由。

二、爱与恨的本质是一样的。

刚刚提到“还”的观念。

对一个修行人而言，还清、洗涤过去所欠下的债务，就是修行最重要的功课。忏悔、回向、拯救众生，都是为了要还清债务。

佛教的一部重要的经典《楞严经》的前半部，正是讲“还”的观念。在我们把眼、耳、鼻、舌、身、意还给天地，把色、声、香、味、触、法还给这世界以后，才有可能清楚见到自我的佛性。

然而，还的功夫并不是把六根、六识舍弃，剥下来不要，而是要先把时间与空间放大，才能看清因缘的实相。

禅定与般若，使心性不动摇

要使爱、恨、情、仇不能动摇我们的心性，有两个方法：

一、禅定——帮助我们断除情爱与欲望的影响，使我们的心性不动摇。

二、般若——以智慧放大对于时间及空间的观点，澈见真空妙有。

这样讲来很玄，但有一个浅近的例子可举，这个例子大家都很熟悉，我以不同的观点来解释。

神秀是五祖弘忍座下不论学问、知识、禅定功夫，都是最好的弟子。虽然他没有得传衣钵，但是他的修行是非常崇高的，只可惜在历史上被慧能的光芒给掩盖了。

神秀最被人讨论、比较的是他的偈：

“身是菩提树，心如明镜台；时时勤拂拭，莫使惹尘埃。”

偈中说，要得到菩提的智慧，必须保持意识的镜子清净；为了保持意识的镜子清净，所以要时时刻刻擦拭镜子，不要使自己的思想、念头有一点点的污染。

神秀的偈，可以从三个角度来看：

一、神秀的偈仍停留在“有”的范围里面，身体是“有”的，心也是“有”的，尘埃也是“有”的；并没有彻悟，见到空性。

二、神秀认为“禅”有目标可达，目标与方法就是不断擦拭心灵的尘埃。然而擦拭心灵的尘埃不应该是禅的目标，如果禅定可以得到某种东西，就不是禅定的功能，禅定也不是为了要得到某种东西。

三、神秀认为一个人要进入禅定境界，必须经过不断的奋斗（时时擦拭心灵尘埃）。要进入定境，确实需要奋斗，但是佛陀的经典告诉我们，般若是无争的，是没有人、我的，是没有目标可达的。

神秀的偈无法看到真正的实相，被认为仍未悟道。

至于六祖慧能的偈是：

“菩提本无树，明镜亦非台：本来无一物，何处惹尘埃。”

慧能的偈也可以从三个角度来看：

一、此偈讲的就是般若的实相。般若是不能以一个名相来涵盖的，不可以说般若是“菩提树”或“明镜台”，不能说般若是“这个”或“那个”，或是什么特定的东西。般若是绝对的空性。

二、禅定的功夫，是为了开启般若之门。如果一个人见到般若的实相，就根本无门可开，也没有尘埃；根本没有染着，也不需擦拭。

三、努力追求般若三昧是没有错的，但是只要还停留在追求的意识状态，那么般若就不在那里了。

神秀的偈告诉我们禅定的重要。慧能的偈则告诉我们，除了禅定，还有一个超越禅定、更重要的东西，就是般若。所谓般若，就是甚深微妙的智慧。

从禅定与般若，看爱恨情仇

一个人要用禅定的功夫克服情欲，是非常困难的，也是非常苦的奋斗。尤其现代人妄念杂多，更是难能以禅定的方法克服情欲。

日本作家武者小路实笃曾写过一个故事：有一位久米仙人谈恋爱失败了，他以为出世修行是解决情欲最好的方法，就躲在深山里修行了三十年，自认已经完全克服了情欲问题。这时候他已经有了很大的神通，就叫了一朵云过来，心想，自己已经完全克服了爱、恨、情、仇，可以到人间玩一玩，就坐在云上出游。经过第一条河的时候，他看到一个女子在河边洗衣，靠近一点看的时候，他心念一动："这个女子的小腿好白啊！"这个心念一动，云就散掉了，久米仙人也就从云端摔下。

用禅定的方法来克服人间的情欲，将如久米仙人一样。尤其是现在这个社会，现代人要用禅定来克服情欲，像佛陀的时代那样，几乎是不可能的，除非是根器特别高的人，一般人没有办法做到。

现代人克制情欲、解决情欲问题的方法，唯有开启般若智慧。

为什么开启般若智慧，可以解决人间的情欲问题呢？

因为，人有一个超越感官的本体。

不管我们以前做过什么样的坏事，有过什么样的爱恨，这个本体都不会受到任何染着。

在学习禅定的时候，假使你有一个念头升起，这时，用神秀的方法就是要把它擦拭掉。六祖慧能的伟大就在这里！他在主观上认定有这个不受染着的本体，所以可以完全不理会生活的尘埃，不去擦拭意识上的念头。他把人的心性提高到最高的清净之地。因为有了这样的清净之地，使我们对生活里即使微不足道的事情，也可以用直观来看清楚它的意义。

像这样在主观上认定人有一个清净的、不受染着的本体，可以给我们学佛的人带来很大的信心。就是说，有时候有一点点爱，也没有什么关系，菩萨也是这样子嘛。

就因为我们有了信心，觉得这一点点并不会污染我们的心性，这时候就可以用比较好的态度来面对情欲的问题。

※ ※ ※

再换一个角度来讲。神秀所告诉我们的“定”，是从禅定的特殊经验而来的。他认为要修行，就要定下来，时时擦拭念头。

而六祖慧能告诉我们的定、禅定或开悟，它不是一种特殊的经验，它跟日常的经验没有两样。定，禅定，开悟，这样的经验，是通过一切的经验得来的经验。

简单地说，神秀透过拂拭人的尘埃的方法，想要找到人的赤心。

人的赤心就是赤子之心，像孩子那样的心——天真的，从容的，没有作伪的，想要在佛堂睡觉就睡觉的心。

慧能的偈，为何比较深刻而动人呢？因为他的偈告诉我们的是赤心片片。任何地方都有赤心，任何地方都有不受染的心。

这样不是让我们生起很大的信心吗？

活在这个世界上，虽然要受到很多的纠缠、痛苦、考验，但是我们在主观上一定要认定：我有一个超越这些的佛性。

不必排斥感官，善用感官来修行

我们的爱情或仇恨，都是来自感官的。一个人活在这世界上，不能没有感官。所谓的感官，就是眼、耳、鼻、舌、身、意，由人体外在感官进入内在以后，就是色、声、香、味、触、法。

人不能脱离感官（感觉）的世界。如果想完全否定感觉的世界，就无法活在这世界上。完全失去感觉的世界是很可怕的。一个失去了感觉的人，他闻粪、闻肉、闻莲花，都不知道是什么味道，他无法分辨这个世界的好坏。

慧能确定了在我们感官的背后，有一种超感官的东西，这种超感官的东西，在佛经里叫做佛性或自性。非常有意思的是，这超越感官的东西，并不是凭空可以得来的，它是从感官得来的。所以我们不要否定感官的意义。

《楞严经》的后半部讲到佛陀叫二十五个菩萨报告他们修行的经过，这二十五个菩萨报告了二十五种修行的方法。看了就会发现，大部分的菩萨是从眼、耳、鼻、舌、身、意开启了空性，开启了般若智慧。

我记得其中有一个非常有意思的菩萨叫做火头金刚，这个火头金刚爱欲非常强烈，可是他从他的爱欲开始修行，强化他的爱欲，将之转化为对这个世界的慈悲，最后他就开启了不坏的佛性——金刚。

密宗里也有一个金刚叫爱染金刚，爱染金刚就是从贪爱、染着里开悟、修行，证得果位。

再以大家都熟悉的观世音菩萨为例，观世音菩萨是如何修行的？他靠耳朵来修行（楞严经里说“耳根圆通法门”），他靠听觉来修行。他用听觉来听内在的声音，他用听觉来听众生求告的声音。因为他的听觉而使他进入了空性，悟得佛的般若，开启了最大的慈悲与最大的智慧。

所以修行不一定要杜绝感官。不一定要把耳朵捣起来或把耳朵割掉，观世音菩萨已经告诉我们：好好地善用你的耳朵。还有一些菩萨告诉我们：好好地善用你的鼻子，善用你的眼睛……这些都是修行的工具。

爱恨情仇就是要修行的功课

菩萨也是利用感官来修行，所以人间的爱恨情仇不是没有意义的。如果有人认为人间的爱恨情仇是没有意义的，这个人就是没有在爱恨情仇背后看到更有意义的东西，这样的修行不是大乘的修行，也不是人间的修行。

小乘的经典告诉我们，应该断除一切的爱欲，才可能得到解脱，才可以悟得自性。大乘的修行却不是这样。关于大乘、小乘的差异，我讲两个容易理解的例子：

第一个例子是种树。有一个人要种一棵树，他把树种下以后，就很努力地使这棵树长大。另有一个人，他种树的时候，心里先有了一个蓝图："我要这棵树是圆锥形的。"于是一等这棵树长出来，他就开始修剪，把树修剪成圆锥形，这个人是绝对不会把树种好的。而第一个人是先把这棵树种好，再去修剪，这就是大乘的方法。第二个人修行的方法就是小乘的方法。

在人间修行，最重要的就是把你的树种大。把你的树种大是怎样的情形？使你有广大的慈悲心，使你有广大的智慧：然后再用你的慈悲与智慧，回过头来看你的爱与恨，这时候你就可以看得非常清楚。

第二个例子是种花。小乘行者种花是种一朵，当这朵花旁边长出一根草，立刻把草拔除，只要照顾好这一朵花就可以了。大乘行者却要种很多很多的花，因为有很多人需要他的花，他要不断地送花给别人。要照顾这么多的花，要使所有的花都长大，所以有时候难免无法顾及长在花间的草，等到花都长大了，再来解决这些草。对一个大的花园来说，几根草根本不算什么；可是对一朵花来说，多了一根草都是很严重的。

有了这种理解，就打开了一个很好的观点，来看人间的欲望问题。我一直相信人间的事物都在人的修行范围里面，我们在人间所遇到的每一个对象都是慈悲的对象，慈悲并不只是去买条鱼或买只鸟来放生，你在街上看到一个不快乐的人，他也是你慈悲的对象。所有的因缘，都是可以开启你智慧的因缘，而每一个空间或每一个时间都可以修习禅定。

对于一个学佛的人来说，每一天的生活都是修行的功课。

很多佛教徒每天都有严格的早晚课，早上一起床就是“叩叩锵”，晚上又是“叩叩锵”，在佛堂里是非常虔诚清净的，可是走出了佛堂却是另外一个人。这样的修行是不彻底的。在佛堂里面，佛堂外面，在任何地方，应该都是一致的。

对于所爱的人，我们希望自己和对方有更幸福的生活，万一我们的爱失败了，彼此都可以从失败中得到教训，开启智慧，走向智慧的道路。这就是我们修行的功课——在爱里面觉悟；对于所恨的人给予宽容，甚至对他微笑。

在急躁的人群里，可以容忍。

在凶暴的人群里，可以温和。

在贪心的人群里，可以慷慨。

在悲惨的人群里，可以慈悲。

在充满仇恨的人生里，可以不怀丝毫恨意的生活。

这些统统都是修行的功课。

因此，爱恨情仇就是我们修行的功课。

使佛号与心念统一

有的人念着佛号，却又不改三字经的口头禅，这样念佛就没有效果，应该使佛号与自己的心念统一。

禅定的功课不一定要在蒲团上打坐才能有所得，每一个人都可以在日常生活中得到禅定。一个人在很专注地听音乐的时候，一个人在很专注地沉思的时候，对于他人的叫唤恍若未闻的这种专注，也可以使他得到“定”。真正在禅定里的人就是这样子，不为外界所迁动。

因为专注而进入忘我的境界，这的确也是一种“定”，但是这种“定”不像三昧定那般细致、空明，而且它是从外而来的，不是自发的——因为有音乐，所以才有这种定。唯有从内在所开发出来的东西才有见地，有见地才有般若。

专注是进入“定”的一种方法。非常专心地处在一种定境里面，可以使人心神统一。所以感官并不是坏的，端看我们如何利用自己的感官。所有禅定的法门，还是要靠感官来修行；生活中的时时刻刻都是修行，这样可以让我们在一天二十四小时中都保持着很好的觉性，也就是随时都处在一种要觉悟的状态，有一天就会豁然觉悟。

古代禅宗大师就是这样觉悟的。这样的觉悟并非由禅定而来，而是因为时时保持觉性而来的。

修习密宗本尊法的人都知道，修本尊要观想、持咒、打手印，有的人一天修行几个小时就觉得很够了。其实还不够。

与菩萨“心心相印”

本尊法应该怎么修呢？要遇到任何物，心中都坐着本尊。

例如修观世音菩萨，则遇事心中都坐着观世音菩萨，并且用本尊观点来看待这个世界，亦即用观世音菩萨的眼睛来看待这个世界。在生活中遇到困境，遇到爱情或仇恨时，要想，如果观世音菩萨遇到这样的困境会如何解决，如果观世音菩萨遇到这样的爱恨会如何处理。遇到任何事物都想一想菩萨会怎么做，这叫作“外观想”。

如果我们时常观照自己内心的观世音菩萨，且能时时用观世音菩萨的眼睛来看这个世界，一方面用菩萨的心看待众生，一方面用众生的心来观想菩萨，这样，我们的心就可以和菩萨的心相印。久了以后，就可与本尊契合，达到“心心相印”的境界。

生活里，每一时，每一刻，都要修行，就看我们有没有办法保持这种觉悟的心。

其实，与本尊契合并不是密教专有的方法，在显教也是一样。不论我们所修法门为何，当我们念观世音菩萨的时候，心里要有观世音菩萨，并且要以观世音菩萨做榜样，时时把自己的眼界提高到观世音菩萨的位置，这样的修行比较容易得力，所得的开启也比只在佛堂念经要来得迅速、有力量。

人人内在皆有如来佛性

假使观世音菩萨遭遇爱、恨、情、仇，他会如何想、如何做呢？他把对人的爱情化做大慈大悲。《楞严经》里说他“入流亡所，闻所闻尽，觉所觉空”。“入流亡所”许多人不知其义，这四字应拆开看：“入流”，“亡所”。意思是，观世音菩萨进入宇宙生命的大河流，浑然忘记自我的执着。因为忘记我执，所以听闻到宇宙一切众生求告的声音，觉悟了空明的大智慧，不再为一切变化所迁动。

了解了菩萨的境界，谈恋爱时，就要想着如何慈悲地对待你的对象；在家里要想着如何慈悲地对待父母、子女；不幸与恋人分手时，要想着如何慈悲地对待他们，不产生仇恨。这样，就不会有仇恨了。

事实上，爱与恨、情与仇，和菩萨所显示的大慈大悲是没有差别的，只看我们有没有办法站在一个高的位置看待它。释迦牟尼佛也说过，所有众生都有如来智慧德相，只因为妄想、执着而无法证得罢了，就佛性来讲，佛陀是我们每一个人，因为人人的内在都有佛陀的佛性，所以人人都可能是佛陀。在佛陀眼里，众生也必然有一天会成为佛陀，而这一点是佛教经典一再传达的观念；也就是：“佛、我、众生，在本体上是没有分别的。”

我们爱，我们恨，所有菩萨在无始劫以来都已经经验过，超越过；超越的方法非常非常简单，简单说只有几个字，就是：自觉，慈悲，开启般若的智慧。

感情丰富无碍修行

我很喜欢看电影，即使学佛以后还是常看；我曾看过一部电影《流氓大亨》，是周润发和钟楚红主演的。这是一个动人的爱情故事，看到结局男女主角分开，我就心碎了，在戏院里流泪。

同去看电影的几个学佛的朋友觉得简直不可思议：“你怎么这么容易动感情呢？你学佛学了那么久了！”

为什么学佛学得久，就不能动感情呢？学佛学得越久，感情可能越丰富！我流泪是因为我可以感受到这种爱情带来的苦痛，是因为我可以感受到男女主角的处境。虽然电影是假的，是虚幻的，但是在实际人生中，不也有这种情境吗？

如果有一个失恋的人来向你哭诉，你会如何做呢？我的办法就是陪着他一起流泪。

最近常碰到这样的局面，许多人来向我哭诉他们生活中所遭遇的问题。我无法帮助他们，可是我比他们更难过，因为我会将心比心，处在他们的境况来设想。

如果你是一个感情丰富的人，不要自卑，因为有很多菩萨跟你一样感情丰富。

佛经里有一个常悲菩萨，他每天都非常悲哀；又有一个常啼菩萨，一天二十四小时常在流泪。菩萨并不怕流泪，只怕无法在泪中觉悟，得到开启，或生起新的智慧。

如果可以在泪光中看到新的智慧，得到新的觉悟，那么，有时候流一些泪又有什么关系呢?

我想，只要一个人能够真实地慈悲，他就可以坦然地面对人生的欲望。如果一个人能够自觉，开启智慧，就可以找到感官、欲望之上的那个真实的自我。

当我们找到那个真实的自我以后，就契入了佛、菩萨的法性。

就从这里开启吧！就从我们的爱情、从我们的仇恨来开启吧！从爱、恨、情、仇等等人生的欲望里面觉悟，让我们有更超越的智慧，让我们找到更清净的自我。